U0462195

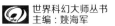

世界科幻大师丛书
主编：姚海军

揉眼睛的女人

目 を 擦 る 女

[日] 小林泰三 著

张乐 译

四川科学技术出版社

ME WO KOSURU ONNA

ⓒ 2003 Yasumi Kobayashi

This book is published by arrangement with Hayakawa Publishing Corporation through
Bardon Creative Agency Limited.
Simplified Chinese edition copyright: 2024 Sichuan Science Fiction World Co.,Ltd.
All rights reserved.

图书在版编目（CIP）数据

揉眼睛的女人 /（日）小林泰三 著；张乐 译. -- 成
都：四川科学技术出版社，2024.5
（世界科幻大师丛书 / 姚海军 主编）
ISBN 978-7-5727-1328-6

Ⅰ.①揉… Ⅱ.①小… ②张… Ⅲ.①短篇小说—小
说集—日本—现代 Ⅳ.①I313.45

中国国家版本馆CIP数据核字（2024）第084226号

图进字：21-2022-371

世界科幻大师丛书

揉眼睛的女人

SHIJIE KEHUAN DASHI CONGSHU
ROU YANJING DE NÜREN

丛书主编	姚海军
著　者	［日］小林泰三
译　者	张乐
出品人	程佳月
责任编辑	王　娇　姚海军
特邀编辑	李闻怡
封面绘画	安　佚
封面设计	施　洋
版面设计	施　洋
责任出版	欧晓春
出　版	四川科学技术出版社
	成都市锦江区三色路238号　邮政编码：610023
	官方微博：http://weibo.com/sckjcbs
	官方微信公众号：sckjcbs
	传真：028-86361756
成品尺寸	140mm×203mm　　印　张　7.625
字　数	136千　　　　　　插　页　2
印　刷	成都博瑞印务有限公司
版　次	2024年5月第一版
印　次	2024年5月第一次印刷
定　价	48.00元

ISBN 978-7-5727-1328-6

邮购：成都市锦江区三色路238号新华之星A座25层　邮政编码：610023
电话：028-86361770

目录

揉眼睛的女人

目を擦る女

连按三次门铃都无人回应，操子正打算放弃，门缓缓地开了。

有个女人站在门内，穿着一件松松垮垮的白衣服，也不知是睡衣还是居家服，抑或两者皆是。她的头发很长，年纪应该在三十上下，没有化妆，死灰色的肌肤在走廊的灯光下泛着冷光。

"……"女人蚊子哼哼似的嘟囔着什么。

操子不由得"嗯？"了一声，正欲追问，又觉得作为初次见面的第一句话，这样未免太过失礼，于是只在脑中反复回味女人的话。

"有何贵干？"女人无疑是这么说的。

"我是刚搬到隔壁的波濑，一点见面礼，不成敬意。"像是要让那女人振作精神似的，操子特意说得很大声，同时从手臂上挎着的百货店纸袋里取出包装好的香皂递了过去。

女人伸出手，像是要接过香皂，结果只是径自将手抬至嘴边，竖起食指："对不起，能麻烦您小点儿声吗？"

"啊，真抱歉。"操子急忙压低声音，"吵到您了？"

"不，那倒不至于。"女人低着头，用愈发微弱的声音回答，"我只是担心会被您大声说话叫醒。"

虽说外面天色已暗，但也还不到七点，这时间就睡未免……

"哦哦，是说小宝宝吧！"操子微笑道。

"不不，宝宝不在。不过，按说其实是在的，因为是在睡觉。"

操子纳闷地眨着眼睛："呃，小宝宝正在睡觉吗？"

"谁知道呢？我不太清楚。因为还在睡。"

一时间，沉默蔓延开来。操子仔细打量女人的脸。女人眯起眼，用指根揉了揉眼睛。

"那个，还请您先收下。"操子像是要摆脱麻烦似的，径直将香皂举到了女人眼前。

"哎呀，好香。"女人喃喃自语般说道，"不过，味道可能稍微浓郁了些，用了不知会不会醒？"

给小宝宝洗澡是哄睡了再洗的吗？操子回想起亲戚家的孩子们。的确也有宝宝睡在澡盆里，不过那未必是真的在睡觉，想来也不必非趁他们睡着了再洗不可。

"如果不合您的意，不如我改日再送别的来？"操子说着，想将香皂放回纸袋。

手背上滑过一阵冰凉的触感。

女人的手掌裹住了操子的手，那手就像一块湿抹布，湿漉漉、冷冰冰。

操子连声音都发不出来，只是半张着嘴，盯着那女人。

女人的脸骤然扭曲起来，不，她似乎是打算挤出笑容。因为在她的眼角和嘴角处形成了与面露笑容时相同的褶皱。然而，操子无法感受到笑意。如果硬要形容，那就像是用手扯着橡胶面具造就的表情。

"不用，这个我收下了。"女人又用另一只手覆住自己和操子的手。

操子感觉女人的掌心汗涔涔的，却又如血液不流通般冰冷。

"难得收到您这样出众的人赠送的礼物，我怎会无故拒绝。况且，惬意地泡进浴缸后，我相信哪怕是在睡梦中，这香味也会令人心旷神怡。"女人晃晃悠悠地向操子倾靠过来，半眯着眼，"您也好香啊。"

操子慌忙从女人掌间抽回自己的手。凉飕飕的湿气依然残留在手上。

女人的神色遽然一变，再度没了表情："多谢。日后也请多关照。不过，仅限于醒来之前。"

本该就此告辞的。但这女人毕竟是邻居，无论是怎样的人，都得处好关系。

"那个……我没看见府上的名牌，敢问贵姓？"操子露出和蔼的笑容。

"哎呀，这事儿我忘得一干二净了。我家也是前天刚搬来的，所以还没有名牌。"女人眨了眨眼，"鄙姓秋山，秋山八美。往后请多关照。"

"哪里，我才要请您多关照，秋山夫人。"操子顿了顿，索性试着一探究竟，"不好意思，如有冒犯实在抱歉。有件事我可以请教一下吗？"

"可以，请随意。"

"打从刚才起，您口中一直在睡觉的是谁呀？您还说不知道孩子是否睡着了……难不成，您家有人卧病在床？"

八美有气无力地摇摇头，又用指根揉了揉眼睛。她每揉一下，充着血的通红结膜便翻卷上去，黑眼珠斜向一旁，眼看就要自眼睑脱落似的。

"这个嘛，"八美将脸凑近，用气声说道，"在睡觉的就是我呀。"

一瞬间，操子只觉得有什么腥臭无比的东西被摆在了眼前，不由自主地后退一步。她犹豫了两三秒，但看来也唯有硬着头皮问下去了："什么？"

八美露出灰色的牙齿，无力地笑了："是波濑夫人，对吗？"

"是，我叫波濑操子。"之所以连名字也告诉对方，是因为八美已经这么做了，操子觉得礼尚往来才公平。

"波濑夫人，您很困惑吧？因为我说了莫名其妙的话。"

什么啊，她果然是在说笑吗？

"不过，我确实是在睡觉，既没说谎也没开玩笑。"八美又露出那个扭曲的笑容。

"可是，这很奇怪吧。您如果在睡觉，又怎么能走来门口，和我说话呢？"

"是啊，的确不可思议。"八美再次捉住操子的手，"不介意的话，不妨来我家坐坐？我详细说给您听。"

为了避免被对方认为自己是厌恶，操子尽量缓慢地挣开手："不了，我丈夫就快回来了……"

"哎呀，这样啊。那没办法了，"八美揉揉眼睛，"就在这儿说好了。波濑夫人您是不是觉得，睡着的人走路、说话匪夷所思？"

"是啊，"操子点点头，"当然了。"

"可是，大部分人在睡着的时候，也会说话和走路哦，想必您也不会例外。"

"哎？您在说什么……啊，莫非是指……"

"没错，是梦。若是在梦中，无论说话还是走路都不足为奇。不仅如此，还能做到现实中做不到的事。不仅能缔造超凡的奇迹，也能做出清醒时羞于如此的不道德行为。"八美像是突然焕发了生机，两眼放光，舔舐着嘴唇。

"那、那是什么意思？"不知为何，操子突然一阵忐忑不安，心脏怦怦作响，她甚至感到自己脸颊发烫、满面通红，"您难道在说梦游症？看起来醒着，但其实是在睡眠状态下走路说话？"

"不是的。"八美依旧垂着头，只抬眼打量操子，仿佛要用视线舔遍她的脸，"我在睡着时是不会走动的。我正一动不动地缩在巢里，小心翼翼地不让自己醒来。"

"可是，那根本说不通啊！"操子烦躁不安，声音不知不觉大了起来，"如果秋山夫人的话没错，如今您正在睡觉，那岂不是该待在巢里，可实际上并非如此……"

"是吗？"八美露出羞涩的、酷似爬虫类的表情。

"咦？"

"眼下，我正在巢里独自沉睡，"八美摊开双手，"并做着如此愉悦的美梦。所以请您不要大声说话，我似乎快醒了。"

"你有没有在听？！"操子皱起眉头。

"嗯嗯，在听。"石弥敷衍地回答，用筷子夹起一块腌萝卜，咯吱咯吱地嚼着。

"你觉得我在瞎说吧！"操子隔着餐桌，瞪着石弥。

"哪有。"

"你要是相信，倒是多给点反应呀。"

"反应？什么样的？"

"就是，显得更吃惊些。"

“我吃惊呀。”石弥狼吞虎咽地往嘴里扒拉着茶泡饭。

“那你倒是表现出来嘛！”操子噘起嘴。

“哇！真叫人吃惊！”石弥摊开双手，扔掉筷子。

“太夸张了！”

“喂，你到底要我怎样？”

“总之，住在我们隔壁的那个人明明醒着，却坚信自己在做梦。按说，你不觉得我们必须做点什么吗？”

石弥抱着胳膊：“必须吗？”

“那还用说！隔壁住着那么一号人，你难道就无所谓？”

“你很介意？”

“也是，你当然无所谓，反正白天在公司，不用在家。我可是整天都待在家里，啊呀，真叫人毛骨悚然。”

“隔壁的人……她叫什么来着？”

“秋山夫人，秋山八美。”

“秋山夫人白天也待在家？”

“是呀，她是这么说的，说是外面各种刺激很多，所以尽可能不出门。吃的基本靠外卖解决，必需品则每个月去一两次附近的超市囤货。”

“家人呢？”

“那我就不太清楚了，虽然她说有老公和孩子……”

“那不就是有嘛。”

"我哪知道她说的是梦里的还是现实里的。"

"什么叫现实里的?"

"照她所说,好像是指真实的世界。当然,只是她自己这么认为。"

"她家像有人同住吗?"

操子摇摇头:"我不知道她家里什么样,虽然她邀请我进去来着。"

"你该进去看看的。"

"你说真的?"

"说起来,为什么秋山夫人会认为自己正在做梦?"

"据说是因为我们这个世界和她所知的现实世界截然不同,不同到她只能认为这是一场梦。"

"哦? 那她所谓的现实世界是怎样的世界?"

"听起来残酷极了。"

"残酷?" 石弥用力挠挠头。

"搞什么,头皮屑到处乱飞。"

石弥像没听见似的,继续挠着头:"怎么个残酷法?"

"简直是惨不忍闻。她说那里是无人可以安然生活的世界。社会崩坏,每日掳掠不绝,无论孩童还是女人都惨遭屠戮,无一幸免。"

"哎呀,那可真是残酷。"

"她藏匿在废屋中，那里原本是核燃料处理设施之类所在的地方，谁也不会靠近。其实她也不想在那里藏身，奈何没有别处可去。每到夜里，她便如胎儿般蜷缩在燃料槽的阴影里入睡。她说她现在就是在那儿做着和平世界的梦。"

"这么说，她白天在现实世界里醒来，到了晚上入睡后便梦见我们的世界？"

"好像不是。她并非每天都梦见这个世界，只是现在而已。"

"这就怪了，我们的世界又不是只有今晚，昨天和前天也都存在啊。"

"所以你明白这事有多诡异了吧！"操子烦躁地说，"昨天也好、前天也罢，全都包含在内的这个世界正是秋山夫人如今正做着的梦。"

"那还真叫人吃惊。"

"倒也不必，明摆着是胡扯。"

"什么啊，原来是胡扯。"

"不，她自己可是信以为真了。所以才吓人！"

"不过，她也没给我们添什么麻烦，对吧？"

操子向上翻着眼珠，像是要窥探进自己脑海中似的想了一会儿，说："嗯，要照这么说，倒是没添什么麻烦……"

"那就别管她了。就算她再异想天开，只要没有实际的危害，就意味着她能够很好地适应社会。实际上，我们根本不可能知道别人都在想些什么。搭电车时，坐在身旁的陌生人说不定就在想入非非。如果总是担心这、担心那的，还怎么过社会生活？我认为，只要秋山夫人没给别人添麻烦，就可以说她是正常的。"

"是这样的吗？"

"是呀。"石弥吸溜着茶水，"不如你去那家坐坐，或者邀请她到家里来，怎么样？毕竟做了邻居，没必要搞坏关系。"

"也是，她看着确实挺成熟的。"操子稍加考虑，"那行，我明天就邀请她来做客。"

第二天送走石弥，操子便去邀请八美。八美在门口听她说明来意后，二话不说便穿上鞋子来了操子家。操子本以为她会先化个妆、换身衣服，稍做准备再登门，因此不免有些慌乱，不过操子没有表现出来，端出咖啡和蛋糕招待八美。

"记得秋山夫人您说过，您也是刚搬来不久，"操子说，"是由于您丈夫工作的缘故吗？"

"眼下我们不住在一起，"八美依旧低着头，用叉子在蛋糕上戳来戳去，"当然，现实中他一直在我身边。"

"看来你们很恩爱。"

"是的，非常恩爱。他现在也在这里，我能感受到他的体温。"说着，八美做出拥抱的动作，抚摸着身侧的虚空，"但是，若不这样安抚他，他就会醒过来。他要是醒了，一定会对我说话，然后我也会醒来。"

操子听得心里直发毛，但还是不露声色地继续往下聊："不过，或许是时候醒过来了。"

"的确，"八美稍稍扬起脸，"但也不用勉强。在现实中，值得我珍惜的唯有丈夫和孩子。"

"这个世界里，您的丈夫在哪儿？"

"这个嘛……"八美皱着眉，手指按压着太阳穴附近，"抱歉，我不清楚……这种情况在梦里很常见吧。"

"嗯，是呀。"操子腹诽，假如真是在梦里的话……

"能和波濑夫人结识真好。"看八美的表情，她似乎强忍着痛楚，偏又亲切地笑着，"很少有人像你这样一点就通。大多数人都不愿承认这个世界是我做的梦。"

"不过，可能那才是正常反应。"

闻言，八美怒目瞪向操子："这话是什么意思？难道你也不相信我……"

"不，不是那么回事。"见八美眼神改变了，操子赶忙补充道，"只是，我觉得如果没有恰当的解释，想让大家信服是很难的。"

"我不是好好解释了吗！这就是我的梦。还有什么会比当事人的说法更可靠呢？"

"可是，如果是在做梦，其他人不也应该有相应的自觉吗？"

八美突然扑哧一声笑了，咖啡沫飞溅在桌上。"哎呀，抱歉。"她在自己的衣服里东掏西摸，似乎是在找手帕之类的东西。

操子起身去厨房拿了抹布过来："请拿这个擦吧。是不是咖啡太烫了？"

"谢谢。"八美接过抹布，擦净溅到桌上和衣服上的咖啡，"不，不烫。只是因为你的话很有趣。"

"有趣？"

"是呀，你居然说如果是梦，那么其他人也该有所自觉。"

"咦？难道别人都没有吗？的确，偶尔是会有正在做梦却意识不到是梦的情况，可一旦有所怀疑，多半都能反应过来。怎么说呢，因为梦境有不同于现实的朦胧感。"

"没错，正是如此。所以我才会清楚地认识到这是一场梦。"

"既然如此，那其他人也……"

"那是不可能的。因为这是我的梦。在做梦的只有我一个人，而你和其他人没有。"

"那您倒是说说，除您之外的人——我们如今都在做什么？"

"我怎么会知道，我在睡觉呢。"

一时间，操子甚至产生了这番话合情合理的错觉。她觉得在某种意义上，这妄想精妙绝伦，堪称艺术。

"那，假如您醒来，也会知道我现实中的模样？"

"当然。"

"那么您醒一次,看看我真实的样子,再详细地告诉我如何?"

"哎呀,那是做不到的。一旦醒了,我可无法保证还能延续同一个梦。何况,在现实世界里,你是知道自己模样的,又何必多此一举。"

操子越听越混乱:"这么说,梦中的我和现实中的我各不——"

操子止住话头。眼前的八美不太对劲。只见她保持着指根碰触眼角的姿势,身体僵直,纹丝不动。

"秋山夫人!秋山夫人!您怎么了?!"

操子心急如焚。说不定八美是急症发作。她看上去简直就像冻住了一般,似乎连呼吸都停止了。她要是就这么死掉可太晦气了。

要不要叫救护车?不过在那之前,得先确认清楚才行。

操子起身绕过桌子,靠近八美。她想,如果扶住八美的肩膀边摇边唤,或许能令其恢复意识。

就在她快要碰到八美的肩膀时,八美原本放在眼旁的手冷不丁动了起来,像是要阻止操子似的。"不要。"

操子猝不及防,险些尖叫出声。她倒吸一口凉气,紧接着便觉得有什么潮湿冰冷、散发着腥臭的东西,覆住了自己的口鼻。原来是八美的手掌。

"别叫，我会醒的。"八美眼神尖锐，命令操子。

操子瞪大眼睛，一个劲儿点头。

八美缓缓挪开手，但手掌形状的丝丝凉意还残留在操子脸上。操子半张开嘴，唾液如丝线般溢出，粘连在八美的掌心周围。八美用另一只手擦了两三下，将唾液擦净。

"究竟……"操子瘫坐在地板上，"怎么了？"

"刚才啊，我揉了揉眼睛，差点就醒过来了。嗯嗯嗯。也许说醒了一刹那更准确。"八美俯视着操子，阴恻恻地笑着，"我看到现实世界中的你了。"

操子维持着坐在地上的姿势，往后退去："我是什么样子的？"

八美大大地张开嘴。她嘴上涂满了口红，甚至一直延伸至口中，泛着红黑色的光泽。赤红色的黏稠唾液吧嗒吧嗒地滴落在地板上。她伸出与口红同色的指甲，指着操子。食指之外的手指半张着，并未合拢。

"你就要死了，而且饱受折磨。你两个眼珠都腐烂了，头发一根不剩。而且，你身无寸缕，酷似蚯蚓的紫色寄生虫在你的每寸肌肤里钻来钻去，即便隔着皮肤，也能清楚看到它们在蠕动。你的鼻子没了，只剩三角形的豁口，呆头呆脑的寄生虫不时从中探出头来。你的嘴唇也没有了，牙齿裸露在外，但只剩下一半。脓液从牙齿脱落的牙床上渗出，又溢出嘴来。不知为何，你的两只耳朵倒还在，但耳孔中流着血，似乎听不见我的声音。你几乎所有的手指都缺少两个指节，甚至有好几根齐根断掉。你缺了一侧的乳房，内里的肌肉暴露在外。一道极大的伤口从心窝纵贯至胯间，其深可见内脏。但不知为何，几乎没怎么出血。内脏上都长着黝黑的瘤子，细看那上面竟附着一张张脸。此外，你似乎还怀有身孕，胯下有只酷似爬虫类的大型生物，正奋力与你交尾。那一定是你孩子的父亲。你失去了膝盖以下的部位，想必就是被它啃食净尽的。"

"骗人！"操子摇着头，"你对我究竟有什么怨恨，要这样胡说八道？"

"这可不是胡说八道，全都是真的。你在腐尸形成的泥坑里苟延残喘，周遭恶臭无比，令人难以呼吸。我只觉得喘不上气来……然后……我便又睡着了。或许是因为没有完全清醒，我得以延续同一个梦。"

"求你了，别再说了！不要再编造这么恶毒的话！！"操子扑倒在地，哭了起来。

"不，我说的可不是假话。"八美跪到地上，温柔地抚摸着操子的后背，"这是真实发生在现实世界里的事。不过，在我入睡期间你尽可安心。在我的梦中，你非常幸福。"

操子缓缓地抬起头，泪痕在她脸上反着光，像蚰蜒爬过的痕迹："真的？在你做梦期间，我都是幸福的？"

"是的。所以你千万要当心，绝不能弄醒我。不要发出大的响动，不要随便摇晃我的身体，更不要刺激我，你要在隔壁静悄悄地生活。"

操子啜泣着点点头。

八美怜爱地看着操子，然后将操子的脸揽在怀中，抱紧了她。

湛蓝的天空。梦里的天空。只要揉揉眼睛，便会看到现实的天空重叠其上。

昏黄的天空，密布着褐色的毒云。

天空下，生锈的建筑林立，宛如骸骨，遍体鳞伤的人们栖身其中。

一切都发生在那个夏天。

人造卫星穿透大气，播撒下不被人们察知的毒素。

火山喷发，熔尽万物。

电脑失控，反噬人类。

狂热的信徒虐杀世人。

灾厄尽数降临，席卷世界。

谁都知晓预言，却无人相信。

是的，这是天罚。

傲慢者们自私自利，有己无人。

唯有此时,才终于众生平等,皆获自由。

若问何故,只因灾难与痛苦对所有人一视同仁、慷慨相与。

一切归零,从头再来。

不。

没有归零。

对我而言,还没有归零。

我所爱的人还在。

我深爱的,并深爱着我的丈夫。

我疼爱的,也依恋着我的宝宝。

所以我不在乎。

哪怕世界毁灭。

哪怕众生受苦。

我心中闪过不安。

这样真的好吗?

难道不该有人力挽狂澜,将世界复原吗?

那一夜,我做了个梦。

梦见了那个失落的世界。

在梦里,一切都不曾发生。

夏日安然终结。

人造卫星掠过地球,飘向遥远的世界。

火山静默,岿然不动。

电脑一如既往，甘做人类忠仆。

狂热的信徒与世人和平共处。

世界无灾无难，风平浪静。

谁都知晓预言，却无人相信。

是的，这是虚假的世界。

是我心血来潮编织出的幻梦，宛如泡沫。

我揉了揉眼睛。

双重世界还原为一重。

我再次陷入浅眠。

长空万里，白云悠悠。

天空下林立着高楼大厦，整齐洁净。

人们在其中讴歌繁荣。

这是洋溢着幸福的世界。

但既不自由，也不平等。

幸福厚此薄彼。

我爱的人不见了。（因为是在梦里。）

那个人的确深爱着我。

然而，他从我的眼前消失了。（因为是在梦里。）

他丢下了我和我的宝宝。

我执着地寻找着丈夫。

日复一日。

我过于悲伤，什么都顾不上。

顾不上家。

顾不上宝宝。（因为是在梦里。）

陌生的人们远远地围观着我。

有人问起了宝宝。

于是我终于想起宝宝，回到家里。

宝宝在家。

可是，宝宝一动也不动。

宝宝成了小小的干尸。（因为是在梦里。）

多么悲伤的梦。

可我没让自己醒来。

醒来便会回到满是灾难的世界。

那儿虽然有我深爱的丈夫和我疼爱的宝宝，其他人却都会沦于不幸。

为了大家，我决定延续我的梦。

大家在现实的世界中是多么悲惨啊。

在梦里，反而是我看起来更为凄凉。

不过，我知道事实并非如此。

我在梦中继续寻找丈夫。

丈夫爱上了别的女人。（因为是在梦里。）

我知道，只要我醒来，这令人不快的梦就会消失。

可是，为了大家，我没有那么做。

我要夺回梦里的丈夫。

反正是梦，什么都无所谓。

反正是梦，所以没关系。

可即便我明白这只是一场梦，我还是想要我的丈夫和宝宝。

我想，既然是梦，那我决意要做幸福的梦也无可厚非。

因为我是为了大家做的梦。

那就不该我受苦。（因为是在梦里。）

操子受八美邀请，踏进了她的家门。

虽然是白天，房中却很暗，窗帘拉得严严实实。

不，那不是窗帘。所有窗户都被堵上了，层层叠叠地钉着不同形状、不同大小的胶合板。钉子也长短不一，几乎都露出半截在外面。白光从胶合板之间的缝隙漏进来，宛若星座。

"抱歉，屋里太暗了。不过，要是白天的光线弄醒了我，可就出大事了。"八美笑着说。

"钉这么多钉子，不会被房东骂吗？"操子也露出浅笑。

"哎呀，没事的，因为……"八美凑到操子耳边，话语伴随着她的呼吸飘出，"反正这是梦。"

"也对，这是秋山夫人的梦。"操子点点头。

八美揉了揉眼睛。幽暗的客厅瞬间消失，取而代之的是一片废墟。废墟里，孩子们衣不遮体，皮肉在破衣烂衫下若隐若现，已经开始腐烂，蛆虫在其上蠢蠢而动。八美又揉揉眼睛，废墟消失，客厅再现。

"来，请喝红茶。"八美指着桌上备着的日式茶杯。杯体开裂，渗出乌黑的液体。

"这是红茶？"操子不安地说。

"不用担心。看着不像红茶是因为在梦里。在现实世界，这可是英国进口的高级红茶。"八美揉了揉眼睛，雅致的西式茶杯重叠在日式茶杯上。

操子端起茶杯，靠近嘴边。臭味刺激着鼻黏膜。

"唔！"操子皱起眉头，放下茶杯。

"不行哦，操子，不可囿于表象。"八美揉揉眼睛，操子顿时变得诡形怪状。八美满意地点点头。

操子闭上眼，嘴巴碰触杯口，啜了一口液体。甜腻的腐臭自口中扩散至喉咙深处，灼烧感蔓延开来。她下意识地扔掉茶杯。茶杯落地，摔得粉碎。黑色的液体飞溅，弄脏了八美与操子的裙子。

"哎呀呀，你怎么没喝完？喝那么点可完全不够呀。"

"对不起……"光是这几个字，操子都说得极为艰难。强烈的头疼和眩晕袭来，操子瘫伏在地，感觉黏稠的液体渗入了衣服。她呼吸急促，每喘息一次，积在地板上的灰尘便随之飞扬。

因为是在梦里，所以不用打扫，操子怔怔地想。

"好像还是起了点效果。"八美环住操子的后背，扶她半坐起来，"不用道歉。反正这样也能成。"

"我好像很困，困得撑不住了。"

"那就好，和我一起睡吧。"八美手里不知拿着什么，细细长长，闪着寒光，"只不过，或许会有点疼，好在是在梦里，所以没事的，别担心。"

"我会怎么样？"

"你看，我也是没有办法。既然这梦无论如何都要做下去，那自然会希望做个美梦。光要我一个人为大家做出牺牲，未免太不合理了。"

"住手，八美！"房门开了，一个男人的身影映入眼帘。

八美回应道："啊，亲爱的，你回到我身边来了。"

人影走入房中，在蒙眬的意识中，操子看到了石弥。

啊，原来是这么回事。秋山石弥——那是你的全名。我怎么一直没有意识到呢，八美是你的妻子啊。

我抱着不了解你的家庭也无妨的心态，认为只要能生活在一起，哪怕不能结婚也心甘情愿。

"亲爱的，你终究还是来了。想来也对，因为这是梦，所以什么巧合都会发生。"八美大张着鲜红的嘴唇笑着，"我拼了命地调查你的行踪，终于成功抢先一步住进你租住的公寓楼。"

"当我听操子说住在隔壁的是你时，简直不敢相信自己的耳朵。我本来想不通，既然你如此执拗地追踪到了我，却为何不直接与我照面？不过，详细听了操子的话后，我意识到你的神志已经失常。听话，八美，离开操子，错的是我，和操子无关。"

"不，我要让这个女人彻底消失，因为我的梦里不需要她。然后我们再生一个宝宝，之前的宝宝已经干瘪掉了。"

"八美，你好好听我说。我们的孩子从未出生过。自打流产后，你就渐渐变得不对劲了。我对那样的你感到厌烦，便逃到了操子身边。可是，操子是无罪的，她什么都不知道。"

"你为什么不告诉她？有时候不知道也会成为罪过！"八美怒目圆睁，几乎让人担心她的眼珠会掉出来，"不过，我知道其实你并没有错。因为这世界是我的一场梦。在现实世界里，你正温柔地拥抱着我，宝宝也在我们身边熟睡着。而这女人则患了恐怖的恶疾，孕育着怪物的崽子。"

"我会怎么样呢？"操子气若游丝地问。

"只要我还继续做着梦，你便不用在现实世界里受苦。但是，若想让我安眠，就要麻烦你从我的梦里消失。"

"八美，住手!!"石弥大喊。

"别过来！"泪水滑过八美的面颊，"就让我静静地做这场梦吧，求你了。我为世界牺牲了我自己，就不能成全我的这点任性吗？"

揉眼睛的女人

"……"操子喃喃。

"嗯？波濑夫人，你刚刚说什么？"八美大张着眼睛与嘴巴，一边流着泪与唾液，一边低头看着怀中的操子。

"我——不——要！"

"你说什……"八美的话戛然而止，她神色茫然，来回打量操子和石弥的脸，然后视线缓缓落在深深扎进自己心窝的刀子上，"为什么……要这么做？"

"因为我还不想死。"血顺着握住刀柄的手臂，滴在操子的脸上和胸前。

"为什么，要做这种蠢事……"八美直直向后仰去，后脑勺磕在地板上，发出巨响。

"对不起。不过，这不挺好的吗，你可以一直睡下去。正好如你所愿，梦境永续。"

"不对，不对。"八美握紧刀子，嘴巴翕动着，"延续梦境非我所愿。我是为了你们才……"八美伸出沾满鲜血的手，也不知是指着操子，还是指着石弥，"更何况，死了就无法做梦了。你是不是蠢啊？"

"你说什么？！"操子骑在八美身上，"蠢的是你！！你说的一切都是妄想！尽是胡说八道！这个世界才不是梦，是现实。啊！我明白了，你自称石弥的妻子，肯定也是谎话！没错，一定是这样。"

/ 026 /

"多么可悲的梦啊，"八美将手绕到操子脑后，将她拉近自己，"我再也做不了梦了，所以……"

操子的嘴被八美的嘴死死压住，难以呼吸。

"就由你来继承我的梦吧。"在操子唇下，八美的嘴唇滑腻地嚅动着，然后猝然而止。

石弥抓住操子的肩膀，好不容易才将她拉离已然僵硬的八美。死去的八美脸上斑斑点点，也不知是口红还是血迹。操子用手擦拭自己的脸，果然沾上了鲜红的东西。

"不用担心，"石弥在她耳边温柔地低语，"这是正当防卫，我自始至终都看着，你没有犯罪。"

操子瞪着石弥："你早知道会变成这样。"

"胡说什么?!"

操子迅速起身，迈向窗边。

"你好像误会什么了。"石弥追在后面，"你是不是觉得，我听说八美的事时，没有当即坦白实情的行为很可疑? 这点我能解释清楚。是那什么，对了，是因为我想先确认来着，搞清楚隔壁住的是否真是八美再……"

"别再说了。"操子将手搭在钉满窗户的胶合板上。

"哎?"

"从今往后，我不得不承继此梦。这是报应。"

"操子，你到底在说什么?!"石弥抱紧操子，将她拉离窗边。

嘎吱嘎吱，胶合板支离破碎，纷纷剥落在地。

操子揉了揉眼睛："我看见你真正的模样了。"

窗外，褐色的毒云正在那一望无际的昏黄天空里翻涌。

超限侦探Σ

超限探侦Σ

我在此，就一名惊世骇俗的侦探做出相关报告。

　　因故，我不可透露其本名，恕我暂以其名首字母 Σ[①] 称之。

　　Σ 乃天生之侦探。若拥有他那般头脑，无论投身何种职业都必将大获成功，可他偏偏选择了侦探这一奔波劳碌却收入微薄的行当。而且，诸如外遇调查类的工作，他一概不接，只涉足令警察束手无策的疑难案件。若是那案件光听叙述就能推理出真相，他也不会理睬——即使那些案件除他之外无人能解。他只会对听完详情后仍看似不存在合理解释的案子展开行动。

　　案件多来自警方相关人士，因此大多数情况下，他一毛钱也拿不到。也就是说，他义务从事着侦探的行当。像他这样的天才，却陷于吃了上顿没下顿的困顿中，委实事态严重。于是某天晚上，我身为他为数不多的友人之一，为他着想，决心予以忠告："你是不是找份更容易获得收入的工作比较好？"

---

　　① sigma，第十八个希腊字母。

"为什么?"Σ细长的眼中射出犀利的光。

"像你这样的天才,就甘愿被警部^①呼来唤去?"

"警部对我呼来唤去了吗?"

"少装糊涂!"我烦躁地说,"上回,你破解那桩不可能犯罪时,警部不就只道了声谢而已?"

"针对你方才的发言,可否允许我做出两点阐述?"Σ淡然说道。

"可以,但说无妨。"我做了个深呼吸,来平复自己激动的心情。

"首先,第一点,我不记得曾解决过什么不可能犯罪。"

"那是毋庸置疑的不可能犯罪。因为尸体是在上了锁的屋顶被发现的。从该建筑的构造来看,顺着墙爬上去是不可能的,至于那扇通往屋顶的门,门锁早在几年前就坏了,在警察破门而入之前,没有被打开过的迹象。"

"的确,或许犯人不可能顺墙而上,也不可能打开通往屋顶的门。"Σ打了个哈欠,"但犯罪本身并非不可能。你不能将这两件事混为一谈。"

"我真搞不懂,到底有什么不同。"

"截然不同。更何况从语言的定义上来说,不可能的事就意味着无法实施。如果能够实施,则不能称为不可能。"

---

① 日本警察职级之一。

"理论上是这样没错……"

"理论很重要。那个案件不是不可能犯罪。仅仅因为自己想不通真相，就断言为不可能犯罪，这是个坏习惯。不可能犯罪是不存在的。一旦有人说出'不可能犯罪'这类词，那么他所谓的'不可能犯罪'要么并非不可能，要么不是犯罪。"

"我明白了。不可能犯罪的话题就此打住，不可能犯罪是否实际存在这种事根本就无所谓。"

Σ微微一笑："那么，来说第二点。我破了案，警部向我道了谢。这家伙哪里做得不对了？"

"我不是说警部不对，只是，他应该还有别的表示才对。要不是你破了案，案子就会陷入僵局，这肯定会算警部失职。事实却是，案子得以圆满解决成了警部的功劳。"

"所以呢？"

"还'所以呢'，你就没觉得不甘心？"

"完全没有。"

"这说的什么呆话！！"我不由得大喊大叫起来。

"你觉得警部占了便宜，而我吃了亏，对吧？"

"岂止是觉得，事实就是如此。"

"'事实'这类字眼也不要轻易出口。因为在大多数情况下并没有什么事实。好比你刚才的发言，当然也不是事实。"

"可是，事实就是你没从警部那儿得到过哪怕一日元的报酬。"

"警部自己都只拿那点可怜的工资，我又能从他那儿榨到几个钱呢？追着他要钱太不现实。"

"可是，你干了活儿，就应当要相应的报酬。"

Σ露出微笑："要说报酬，我有得到。"

"可你刚刚才说从警部那里收钱不现实……"

"我说的报酬并非金钱。对我而言，案件本身就是报酬。"

"说什么蠢话。案子怎么就成报酬了？"

"当然，寻常案件不在此列，非得是棘手的疑难案件不可……"Σ陶醉地眯起眼睛，"警部拿来的案件大多无趣，尽是些连脑子都不用动、光靠脊髓反射就能解答的货色。不过，极少数情况下，他也会带来绝妙的、醇香扑鼻的案件。那个时候的他神圣庄严，在我眼中如有万丈佛光。没错，对我而言，散发着芳香的案件本身作为报酬足矣。"

"你说这话是认真的？"

"是啊，当他带来绝妙的案子时，我都恨不得给他钱呢。"

"喂喂！"

"当然，警部是不会收的。"

"可惜。你是入得宝山空手归啊。"

"你不懂。对我来说，疑难案件才是宝……咦？好像有访客登门。"

打开大门，外面站着哭丧着脸的警部："Σ君，发生了棘手的案子。我是没辙了，希望你赶紧出手。"

"先说来听听。"Σ顿时目光炯炯。

"核避难所?! 那是什么玩意儿? "我冒冒失失地喊了起来。

"今时今日不知道核避难所的人也是罕见。那是遭受核攻击时躲进去以求保命的防空壕。"

"要真受到核攻击，区区防空壕顶什么用。"

"既然称之为'核避难所'，那自然与普通防空壕不可同日而语。那容器酷似舱壁极厚的潜水艇，被埋在地下。当然了，会有一个出入口，此外不可能通过其他途径进出。内部储备有食物和水，可维持一个人长达数月的生活。"

"空气呢?"

"空气无法储备，不过容器内备有氧气瓶，遭到核攻击后可暂时以此维系生命。之后会形成供气系统，使用特殊过滤器清洁净化地面空气，再引入内部。"

"这么说，有通往地面的通风口。"

"是的，不过大小连一只胳膊都伸不进去，无法用来逃生。另外还接有与地面联系的电话线，也穿过通风口。"

"核避难所的详情到了现场再听，"Σ打断我们的对话，"口述所需信息的话不可能全无遗漏。"

警部呆呆地半张着嘴："……嗯，的确是这样。在此拘泥细枝末节也没用，首先得说明案情概况。被害人是富豪大虎权造，五十岁。他从美国购入核避难所，埋进自家庭院。然后，也不知出于什么考量，他声称为了确认避难所的机能，要把自己单独关在里面。他在一周前进入避难所。此后每天，大虎都会用电话与地面的宅邸联系数次，但今早他打来的电话很奇怪……"

"麻烦警部你按自己经历的顺序来说明。"Σ拦住警部的话头，"为了防止主观臆断，请从接警时开始。"

Σ不喜欢从案发时听起，他认为在案件中，警察参与之前所发生的事没有一件是确切的。当然，即便在警察参与后也一样，但可靠度毕竟有别。何时，何处，是谁，发生了什么，这一切都必须基于可靠的证据来推理。用随意的臆想来组构案件，会引起误断。按照Σ一贯的主张，几乎所有的未解决案件都耽误在这种臆想上。

"警察并没有听到大虎氏亲口说要进避难所闭关，对吧？同样，到昨天为止每天都有电话联系也不过是他人的证词。我只想基于客观事实完成推理。"

"哦哦，是这样啊。唔，报警的是大虎的妻子良子，二十八岁。"

这么年轻啊。我饶有兴致地想，便问道："遗产由她继承？"

"一般来说是这样，若有遗书则另当别论。"

"有关继承的话题麻烦你们稍后再谈。"Σ拿出了公事公办的腔调。

"总之,据夫人说,今早六点大虎打来了一通紧急的电话。内容是:'那些家伙来了。我想办法在这里拖住他们,你快趁机逃走!'紧接着夫人就听到一阵剧烈响动,随后又传来声音,像是折断了什么湿乎乎的东西似的,简直令人想捂住耳朵。夫人心惊胆战地连连呼唤大虎的名字,却得不到回应。约五分钟后,电话那头隐约有人嘟哝了一句:'蠢货,大虎死了。'"

"不是大虎的声音?"

"据说是从未听过的声音。"

"然后呢?"

"我们接警后赶赴现场,继续通过电话呼叫的同时,试图撬开核避难所的入口,可是那玩意儿固若金汤,连道缝都撬不开。最后还是向警视厅申请特殊部队支援,花了五个小时才打开。入口有三重气锁坐镇,可不是轻易就能搞定的。"

"打开不容易,那关上呢?假如入侵者是大虎氏的熟人,可能会大摇大摆地从入口进去,杀害大虎氏后,再若无其事地关闭气锁。"

"据专家称,关闭气锁倒是不难。不过,考虑到其特性,三重气锁均为无法从外部打开或关闭的构造。更何况,避难所入口位于庭院显眼处,想在不被妻子、宅中用人或邻居察觉的情况下进出是不可能的。"

"避难所内部的样子呢？"

"收拾得非常整洁。食物和水都只少了一周的量，这方面没有任何疑点。空气中也没有检测出有害成分。只不过，里面弥漫着一股强烈的恶臭。"

"恶臭的来源是？"

"是大虎。"

"大虎氏本来就臭？"

"听说他生前并不如此，发臭是在死亡之后。也难怪，哪有人肠胃里的东西洒了一地还不臭的。"

"肠胃里的东西怎么会洒一地？"

"因为他的身体断成了两截。"

我皱起眉头。

"凶器呢？"Σ连一根眉毛都不带动的。

"没发现。可能从一开始就没有凶器。"

"这话真蹊跷，何以见得？"

"大虎的身体是被拧断的，就像拧抹布一样。"

"我确认一下，出入口只有三重气锁没错吧？"

警部点点头。

Σ抱着胳膊，闭上眼。他未必已将此案断定为有价值的案件。每当警部脸色大变地跑来求助时，Σ总会在听完讲述后开始冥想。大多数情况下，他会在两三分钟后睁开眼睛，对案件一锤定音:"很遗憾,此案毫无魅力可言。"然后,他会兴味索然地指出犯人、说明犯罪经过,再打着哈欠送走警部,这样的情况已成定式。

不过,这回不同。Σ 的冥想竟长达一个小时,最后他猛地站起身:"警部,麻烦你带我去现场。这是个绝妙的案子。"

大虎良子有一种与其年龄不符的沉稳气质,倒是与所穿的和服相得益彰,只是那脸色苍白得与死人无异。

"请问,遗体确是您先生无疑吧?" Σ 尖锐地抛出问题。

"是的。"良子用几不可闻的声音回答。

"您先生进入避难所一事也确定无误?"

"是,他是当着我和众多友人的面进去的。"

"您先生就不曾偶尔溜出避难所?"

"入口开关时声音很大,我想我和用人们不会都没注意到。这周家里一直有人,总会有两三个人待在屋里。"

Σ 瞥了警部一眼。

警部赶紧补充:"进入避难所的是大虎氏本人,并且此后没有再进出过,这两点都得到了证实。"

"我对夫人没什么要问的了。" Σ 断言,"接下来请让我看看避难所。"

"喂喂!"我冲他耳语,"不问问遗产或遗言的情况?"

"我对那些没有兴趣。"

"可是,有可能会发现杀人动机。"

"动机之流不足为道。我只对是不是他杀,以及若是他杀,又是如何实施的感兴趣。"

"可是,如果不同时具备动机、手法和时机,就锁定不了嫌疑人。"

"犯人无关紧要。"Σ大步迈向庭院。

"看来你有眉目了?"警部不安地问。

"是的,我心里已经形成了假设。在这个假设里,夫人不是犯人。"

"那犯人究竟是谁?"

"我想等得到确凿的证据后,再说出犯人的名字。"

"这么说,果然不是意外?"

"这个问题很难回答。不过,如果你问这是不是意外,我只能回答'不是'。"

"如此断言能行吗?你现在所说的非常关键。如果不是意外,那就意味着是犯罪。"

"为什么你会得出这个结论?"Σ睁圆了眼睛。

"那你的意思是自杀?"

"谁自杀?"

"大虎权造啊。"

"怎么可能！"Σ脱口而出。

真叫人难以理解。尽管有个人死了，Σ却说既非意外，也非他杀或自杀。这可能吗？

"你这话好生古怪，简直就像在说产生了超常现象[①]似的。就算称不上超常现象，产生的现象无疑也是非常罕见的，对吗？"

"如果我的推理正确，已产生的——或者说正在产生的，不过是极为普通、司空见惯的现象。'现象'这种夸张的说法还真叫人害臊……这就是避难所？确实打造得很结实。"Σ用拳头轻轻敲了敲舱口，回响低沉，"警部，我可以进去吗？"

"当然。"

警部话音未落，Σ便已钻了进去。我和警部紧随其后。

里面照明充足，但相当狭窄。三个成年人站得挤挤挨挨，没有能容犯人藏身或暗道存在的余地。这时，警部失去平衡，触发了墙上的什么开关。顿时警铃大作，想来是警报器无疑。警部手忙脚乱地试图关停，却无济于事。

"呵呵呵。"Σ笑了起来。

"你怎么还笑得出来？搜查都进死胡同了。"

"死胡同？哪儿的话，分明是我的假设已被完整地证明。这

---

①Paranormal phenomenon，目前仍无法用科学和常识解释的现象，曾被称为超自然现象（supernatural phenomenon）。

铃声就是最后的拼图。"

"什么？那……"

"案件解决了。不过，这不足以被称为案件。"

"可是，既然大虎氏是被杀害的，不是案件是什么。"

"大虎氏是谁来着……哦，抱歉。如果不按顺序解释，你们怕是会觉得莫名其妙。"Σ 忍住笑，"先来整理一下情况好了。发生了什么？"

"密室杀人。"

"没错。"

"可是，按照你一贯的主张，密室杀人不是不可能的吗？"

"的确，密室杀人是不可能的。但凡看着像密室杀人的案件，要么不是密室，要么不是他杀。"

"那这回呢？"

"既不是密室，也不是他杀。"Σ 淡然地说。

"别开玩笑了。"

"不，不是玩笑。这次案件的特征是：看上去非常不合理。"

我和警部同时点头。

"而且极其完美。"Σ 继续说，"可是，无论看上去多不合理，都必然会有合理的解释。如果是你，要如何解释怎么都无法合理解释的事态？"

"这问题本身就自相矛盾。"

"那么，我来举个具体的例子。某天，你买了份报纸，上面写着：'日本昨日发生了三亿六千万起凶杀案。'假如发生了这种事，可算是极不合理了吧？"

"相当不合理。"

"如果是你，要如何解释？"

"没法解释，这种事就不可能发生。"

"不，可能的。"说着，Σ 从怀里掏出一份报纸，"这篇报道就实实在在地登在这儿。"

果不其然，报纸上刊登着与刚才 Σ 所说内容一致的新闻。

"这肯定是假报纸。如今就连小孩子都不会上这种恶作剧的当了。"

"正是。你刚才不就合理解释了极其不合理的事件吗？"

"等一下，"我彻底糊涂了，"这篇新闻报道只是内容不合理，这次案件却是本身就不合理，两码事。"

"都一样。"Σ 自信满满地说，"如果你相信这篇报道的内容，就会纳闷怎么会发生如此不合情理的事。同样，你之所以想不通这次的案子，正是因为你相信这个不合理的密室凶杀案确实发生了。"

"那么，你的意思是，这起案件是捏造的？"

"谁都没有故意说谎，所以不好说是'捏造'。倒不如说，近乎错觉或谬误。如果该案件像这篇报道一样完全脱离常轨，我本会立刻得出结论。不过在听警部叙述案情的时候，尚留有实际犯罪的一丝可能性。所以我才需要亲赴现场，来确认这样的犯罪是否可能发生。再由此确认并没有发生什么密室凶杀案。"

"可是，就当这起案件是某人的错觉好了——又是谁产生了这种错觉？"

"那么，不妨试着从这篇新闻报道的例子来类推。以报道来说，是谁犯了错？"

"虽然不知道是否是有意为之，但撰写报道的记者肯定脱不了干系。"

"没错。当然，在编辑或印刷环节可以对报道做修改的人不在少数，但最可疑的仍是记者。因为三亿六千万起凶杀案的信息只出现在这篇报道中，而这信息皆通过该记者传达。也就是说，像这名记者一样掌握着全部信息的人，即可视为起因。"

"这么说，那位夫人果然……"

Σ摇摇头："我说过她不是犯人。警察确认过，有很多人目睹大虎氏进入避难所，尸检也正在进行。很多信息不是从她那里得来的。"

"如此说来……"我盯着警部，"本次案件的信息全都是通过警察获得的，即是说，这是一起由警察一手策划的事件。"

警部慌了："等等。我可没做过那种事。"

"你呀，不要过早下结论。"Σ责备我道，"全由警察捏造的可能性不是没有。但是，有如此多的人牵涉其中，竟还能统一控制信息，堪称奇迹。为舍弃一个不合理的推论，就去采纳其他不合理的推论，岂不是顾此失彼？"

"那，成为起因的人物到底是谁？依我看，那样的人根本不存在。"

"不，相当于新闻记者的人物有且只有一个。"

"谁？"

"你。"

"我？怎么会是我？"

"因为你了解所有的信息。关于此案，无论是警部的叙述、被害人妻子的证词，还是现场的情况，全都是你主观捕捉到的东西。"

"说什么呢？你看到、听到的不也都和我一样！"

"那也只是你自认为的。你认为自己现在与我和警部同在此处，一起调查案件。"

"什么，怎么会……如果查案这件事本身就不真实的话，那岂不就像……"我好不容易才挤出声音来，"就像是梦。"

"不是像梦，而就是梦。"Σ满不在乎地说，"如果存在怎么想都不合情理的事，首先就必须怀疑此事本身。你掐掐自己的脸。"

我掐了，不疼。

"你看吧！"Σ扬扬得意地说，"从刚才就一直在响的铃声，是不是也很耳熟？"

的确如此。那是我闹钟的铃声。

"Q.E.D."[①]Σ宣告。

"新纪录诞生。居然这么快就将案件漂亮地解决了！"警部兴高采烈的声音渐渐远去。

我缓缓睁开眼睛，发现自己正躺在被窝里。

真不愧是Σ，逻辑无懈可击。

伸手按掉闹铃的同时，我再次对Σ的推理能力心悦诚服。

＊ ＊ ＊

我的友人Σ——因故，我不可透露其本名，恕我暂以其名首字母代称——是位不世出的名侦探。在我所知的侦探中——无论是真实存在的，还是凭空架构的——无人能出其右。

包括我在内，认识他的人私下都称其为超限侦探。不过，这事对他本人是保密的。如果他知道我们这样叫他，恐怕会嗤之以鼻："用表示无限属性的词语来修饰人类，真是荒谬。"

那日，我登门拜访，与他相谈甚欢。其间，我蓦地念及一事，便向他直言："前些日子也提过，我觉得你还是从事收入更有点

---

① 拉丁短语 quod erat demonstrandum 的缩写，含义为"证明完毕"。

儿盼头的职业为好。"

"嗯？什么？这话是什么意思？"

"我的意思是，你的收入和你的才能不成正比。"

"我知道你想说这个。我问的是'前些日子也提过'那句话。"

"就是字面意思，我前阵子也对你说起过，不是吗？"

"没有，我初次听说。"

"哎呀，对了，说起来，那是个梦……"

"搞什么，居然是梦。我对梦什么的不感兴趣。因为逻辑在梦里行不通，超出了我的防守范围。"

"总之，我劝你还是和警部断了来往……"

"等下，好像有人来了。"

Σ 刚打开门，警部就冲了进来："Σ 君，发生了棘手的案子，我是没辙了，希望你赶紧出手。"

"先说来听听。"Σ 顿时目光炯炯。

"这样的案子我还是第一次撞见。被害人是名叫大虎权造的富豪。"

"大虎权造！"我嚷嚷起来。

警部和 Σ 都向我看来。

"你认识？"

"是的，这名字在梦里出……"

"搞什么,是梦啊。"警部毫不掩饰失望之情,"总之,这位富豪在自家院中形成的密室里被杀害了。"

"这我知道!"我再次大叫,"在核避难所里,对不对!"

"核避难所?那是什么?"警部盯着我,像在看什么可疑人物。

"Σ,你听到没有?警部时至今日竟连核避难所都不知道!"我得意地对 Σ 说。

"对不住,"Σ 淡淡地说,"我也是初次听说'核避难所'。那到底是什么?"

"咦?"我乱了方寸,用手抵住额头,"上次,在梦里听警部说……"

"搞什么,是梦啊。"警部兴趣顿失,"大虎在自家院子里埋了个大棺椁。他素以表演魔术为乐,说是想出了新的逃脱魔术,于是召集亲朋好友,为他们表演。他在庭院正中挖了个大坑,置入棺椁,然后自己进到棺椁中,再用挖掘机盖上土。"

"听上去不就是很普通的逃脱障眼法嘛。"

"可是,被招待的宾客中魔术师众多,他们都说那并非简单的障眼法。"

"什么意思?"

"即是说,他们看不出机关何在。而且大虎被埋后,过了几十分钟都毫无逃脱迹象,众人赶紧挖出棺椁,发现大虎已死在棺枢中。"

"原来如此。不过,凭此并不能断言为他杀吧?"

"你何以认为不是他杀?"

"因逃脱术失败导致被活埋,不就是单纯的事故吗?"

"接警时,我也曾这么想,但这不是事故。"

"是有什么理由?"

"大虎氏身上有数十处刺伤,且每道伤口都很深。"

"有没有自己下手的可能?"

"其中一处刺伤自眼睛贯穿脑部。"

"看来那就是致命伤了。"

"倒也不能如此断言。还有从前胸刺入心脏的伤,以及割断了颈动脉的伤。这绝不可能是自杀。若是自杀,刺向要害的伤理应只有一处。因为最初的那一下就会令人丧失行动能力。而且,棺枢中没有发现凶器。"

"有没有可能在入棺前就已被刺伤?"

"大虎是在众目睽睽之下进入棺枢的,如果事先已被刺伤,早该一命呜呼。即使假设在众人眼前入棺的是替身,也于理不合。在被掩埋的棺枢中,恐怕没有能替换真假大虎的空间。"

Σ 闭上眼睛,抱着胳膊,足足沉思了一个小时,然后猛地睁开眼睛:"我决定接手这个案子,此案极具魅力,先领我去凶案现场看看。"

大虎氏宅邸的庭院里，挖掘形成的巨坑赫然在目，里面还放着一个大棺椁。棺盖被随意地掀开，棺椁内满是血污。

"推定的死亡时间是？"

"就在被埋到被挖出之间。急救队赶来时，他刚咽气不久。"

Σ踏进棺椁中，蹲下身到处查看："看来还真没有什么机关。"

"我本也以为起码会装有双层底。不知大虎到底打算使用什么样的障眼法？"警部那模样眼睁着就要哭出来似的，"一开始我以为是有人设计偷换棺椁，把原先的逃脱表演变成了刺杀，可正如你所见，并无任何机关。"

"看起来真是怪诞不经，完全不合逻辑。简直就像发生了超常现象。"

"想不到连你也会说这种胡话！就算你推理不下去，说成超常现象也未免……"

"少安毋躁，警部。"Σ冷静地说，"我可没说此案是超常现象。何况我的推理也并未受阻，答案已昭然若揭。"

"喂喂，再多做点调查也无妨吧？"我认为Σ有些自信过头了，"还没听家人说明情况不是吗？至少也该听听年轻的夫人是怎么说的。"

"咦？你怎么知道大虎氏的夫人很年轻？"

"真是贵人多忘事，不是警部你告诉我的吗？夫人二十八岁，名叫良子。"

"没有没有，我可不记得告诉过你。"警部转向 Σ，"Σ，你始终和我们待在一起，我有没有对他说起过大虎氏的妻子？"

"没有，我也是刚刚才初次听闻大虎氏妻子的情况。"Σ 注视着我的眼睛，"你是怎么知道大虎氏妻子的名字和年龄的？"

"那个，就是……"我欲言又止。我虽已想起自己是如何得知的，直觉却告诉我即便说了他们也不会信。

"照直说就是。"Σ 平静地说。

"就是，在那个梦……"

"哈！又是梦！"警部啧了一声，"从刚才起，你就梦啊梦的说个没完，到底几个意思？是打算要我，还是你真的不正常？"

"少安毋躁，警部。"Σ 拦住警部，"他的话似乎有重要意义。如果他就是在梦里得知了原本不可能知道的事，你怎么看？"

"无稽之谈！就算他没说谎，也多半是在哪里听说过大虎和他年轻妻子的传闻，然后这些又偶然出现在了他的梦里。首先，核避难所怎么解释？那玩意儿根本就不存在。"

"核避难所或许纯粹是梦的产物。不过，在梦见大虎夫妻的姓名和年龄后不久，梦中人就在现实里遭到杀害，而他自己还参与了案件的调查，你不觉得很微妙吗？"

"要这么说还真是……"警部沉思了片刻，冷不丁瞪向我，

"难不成,你这家伙就是本案的……"

"他不是犯人。"Σ 微微一笑,"请仔细想一想。不合理的不光是他的梦。很明显,大虎氏是在天衣无缝的完美密室中被杀害的。警部,你能做出合理的解释吗?"

警部摇摇头。

"那么,在你心目中,有能合理解释这个现象的人选吗?"

"没有。哦不,只有一个。如果说有人能查明此案的真相,Σ,非你莫属。"

"警部真是知人善察。"Σ 扬扬得意地说。

"这么说,谁是犯人你已心中有数了?"

"还没有。不过,我已经破解了作案手法。"

"快说来听听。"警部紧盯着 Σ 恳求道。

"此案的关键,在于发生了令人百思不得其解的现象。若是迷信之人,可能会视其为超常现象。可是,我们身怀近代的理性精神,哪怕现象再离奇,也不能容许自己以幽灵或诅咒为由停止思考。那么,可以用来解释极不合理现象的合理答案会是什么?"

"是梦!"我情不自禁地大叫。

警部瞪着我:"你到底在说什么……"

"当然,在这种情况下,应该首要考虑梦的可能性。而且,验证方法也很简单。"说着,Σ 掐了掐自己的脸蛋,"验证完毕。不是梦。"

"这又能证明什么？"我说出自己的想法，"如果是我在做梦呢？难道就不能是我正在做你觉得掐脸很痛的梦？"

"这世界是你的梦的可能性，完全不在我的考虑之中。因为我自身有意识，所以很清楚这不是你的梦。当然，若站在你的立场，自然也会认为不是我的梦，因而我所做的验证在你看来毫无意义。既然如此，只有你自己来验证了。来，掐掐你的脸。"

我掐了，很痛。

"警部要不要也验证一下？"

"无聊！我还能不知道自己醒着？"

"你就不曾做过认定自己醒着的梦？好吧，算了，我不勉强你。"Σ清清喉咙，"那么，产生了明显有违自然法则的现象，又排除了梦的可能，剩下的合理解释是什么？"

警部和我面面相觑，全无头绪。

"是虚拟现实。"

"虚拟现实？那究竟是个啥？"

"是形成于电子计算机储存空间内的虚拟世界。不过，对于栖身其中的人格而言，虚拟世界和现实世界别无二致。由于虚拟世界受程序所控，当程序发生错误，或受到电子计算机之外的人为干涉时，便会产生违反自然法则的现象。这是唯一能合理解释现状的假设。"

"怎么可能。你难道想说我们是住在虚构世界里的人？"

"不是虚构，是虚拟。"Σ冷静地予以纠正，然后向着天空喊道，"好了，现身吧！我知道你在监视我们。"

"喂，你到底在说什么呀？"警部脸都绿了。

"我不认为这次的现象是程序错误导致的。不合理事件的发生并不显得荒诞，密室杀人看上去也是在依照某种剧情进行。这就意味着，应该是有人在对这个虚拟现实进行干涉和编排。那么，做此事的人势必会对相关参与者进行观察。"

Σ的话乍一听像是无稽之谈，但确实是唯一能够解释现状的假设。逻辑完美，无懈可击。我再次对Σ的推理能力心悦诚服。

此时，空中出现了一颗直径约莫一米的大头。定睛细看，头的形状由粗陋的多面体构成，各个平面上似乎都贴着立体的图画。

"干得好，你已找到真相。"大头发出的声音威严无比，响彻四方，"正如你推理所言，这世界是我们创造的虚拟世界。"

我和警部连声音都发不出来，只顾盯着那颗大头。

"Q.E.D."Σ淡然说道，"你究竟有何目的？"

"眼下，人类正面临着诡谲怪诞的危机。"大头说。

"'眼下'是指什么时候？"警部问。

大头毫不理会警部的提问，继续说道："我们意识到，为了渡过这场危机，需要一个能够完美地进行逻辑性、客观性观察的超级智能。我们一直在等待这样的智能于虚拟世界中诞生。如今终于大功告成。来吧，Σ君，到我们的世界里来。"

"哎呀呀，"Σ打了个哈欠，"这里也是，那里也是，全都指望我来解决堆积如山的问题。不过，倘若是值得思考的问题，我倒是不介意在世界之间奔劳。那……我姑且去听听好了。"

只见Σ被光芒笼罩，瞬间便从我和警部的眼前消失了。我们两人相对无言，彼此耸了耸肩。看来Σ一时半会儿是回不来了。一旦他发现了什么趣事，总是如此。

当然，本次报告的事件对Σ而言并非格外难解的案件。解决这种程度的琐碎杂案，于Σ而言，如探囊取物般简单。

这次虽不便告知，但我打算在不久的未来，将Σ解决的数个真正疑难案件公之于世。

食脳者

脳喰い

分明是白天，日光却一片鲜红。

腕彦手搭凉棚，眺望远方，只见景致怪奇，难以辨别究竟是人造之物还是大自然的鬼斧神工。虽有种几何学上的妙趣，却又如贝壳和蜂巢那般，隐约给人以非人造物的印象。色彩千差万别，材质亦然，似木头、似金属、似塑料，不一而足。

地面上星星点点地生长着状似植物的东西，虽说似植物，却又带着一种机械感。

腕彦发觉自己不知不觉间已身处景中。扭曲的巨物将他围住，不知是岩石、建筑还是树木。

周遭雾气弥漫，然而天空依旧赤光烁烁。偶尔，雾中似有人影，腕彦慌忙跑上前去，却空空如也。

"有人吗？"腕彦大声呼喊。

他听到自己的声音从扩音器里传来。对了，还戴着头盔。腕彦解开肩部和头部的锁扣。不知为什么，内置传感器没有运作,因此不确定此处的空气能否呼吸,但宇航服中的氧气毕竟有限。如果这里的空气有毒,也不过是早一点迎接死亡罢了。

脱下头盔后,腕彦深深地吸了一口气。意外的是,这里的空气盈满了甜香。腕彦稍感眩晕,恐惧涌上他的心头。不过,将近一分钟后,他并没有感到更多不适。看来那眩晕只是心理作用。

一脱掉头盔,此前一直处在电屏蔽中的环境音便直接传入耳中。这里并非万籁俱寂,却也没什么声音值得一提。感觉就像夕暮时分造访荒野的刹那岑寂。

"真的没有人吗?"腕彦再次喊道。

依旧没有回应。

腕彦又脱下厚重的手套,手套落在地面,发出轻响。从下落速度看,重力加速度几乎与地球无异。

真是怪哉。刚才即使穿着沉重的宇航服也能轻松地行走,所以腕彦以为这里的重力要比地球小得多。然而,一步迈出,腕彦险些瘫软在地。宇航服骤然千钧重。当然,这是不可能的。宇航服一直都是那么重,只是他此前对自己施加了此处重力小的暗示,而现在暗示解除了。

腕彦艰难地脱掉宇航服。原本有专门的穿脱机械,他还从未想过有朝一日居然要靠一己之力脱卸。

宇航服下是太阳系警备军的制服。轻薄却强韧,保温性能优异。

　　腕彦决定将宇航服留在原地，他判断靠制服的内置功能就能应付当前情况。

　　甜雾中又有暗影晃动，腕彦全速追去。影子逃也似的奔跑着，显然是人影。

　　"等等！我想打听一下，这里究竟是哪儿？你们是什么人？"

　　人影毫无止步之意，却有"呵呵"的声音传来，酷似女人的笑声。

　　腕彦不再呼喊，发足穷追。

　　就在呼吸开始困难时，他终于追上人影。

　　看背影是个女人。

　　腕彦一把捉住她的手臂。

　　女人回过头来。

　　竟是河子。

＊＊＊

　　"有好消息，也有坏消息。"船长脸上一如既往地挂着闷闷不乐的表情，"想先听哪一个？"

　　"前不久你也说过这话。"乡宫说，"当时是什么情况来着？"

　　"记得是在……"西山下腕彦一脸不耐烦地回答，"探测目标变更的时候。那会儿我们先听的好消息。好消息是'取消对土星的定期载人探测'，因为了解到所需工作全都可以靠无人探测机来完成。多亏如此，我们不必被关在宇宙飞船里一个多月。至于那时的坏消息，是'改为去原计划由无人探测机前往的海王星'。据说那工作本来就不适合机器人做。依我看，送我们去海王星的事儿恐怕还是先决定的。总而言之，我们被攒去执行了三个半月的任务。"

"船长，这次务必从坏消息说起！"乡宫指着船长说。

"那我就先说坏消息。"船长面不改色地说，"我们将直接前往柯伊伯带。据说柯伊伯带的载人基地A3发现了十分古怪的天体。这附近的飞船中，只有我们这艘'克拉克号'装备有能够近距离观测的设备。"

"任务周期呢？"

"不明。不过，考虑到往返天数，最少也要半年。"

"小意思，我们不就是因为喜欢才当宇航员的嘛，能长期闷在飞船里还求之不得呢。"乡宫故作夸张地以示乐观，"那好消息是？"

"好消息是，本次任务圆满结束后，我会请你们每人喝上一杯。"

"由衷感谢，船长。听了您这番暖心的话，我都快流眼泪了。"乡宫愁眉苦脸地说。

腕彦心不在焉地望着宇航图。A3距地球约五十个天文单位，是人类在宇宙中最前沿的基地。对柯伊伯带天体、奥尔特云等太阳系外缘天体，以及太阳磁场和太阳风等的观测与研究都在那里进行。

而且，想必头角河子就在那里。

他与河子已许久未见。

腕彦并未把那场争吵当回事，以为顶多到傍晚，河子就不会再放在心上。可是，当他带着要送给河子的和好花束回去时，房间里已没了河子的踪影，就连她的行李也一并不见了。

那之后腕彦好几次试图联系河子，却一直被她拒绝。后来听闻她希望去边境航天基地执行常驻任务。

腕彦之所以成为宇航员，或许也是梦想着能与她在某处重逢。虽然不知道事到如今还能否重归于好，但好歹要向她说声对不起，为自己没意识到伤害了她的感情而道歉。

＊＊＊

"呵呵呵呵。"只见河子的脸波动起来，就这么消融在雾中。

腕彦揉了揉眼睛。

难道是幻觉？可说是幻觉未免太过鲜明。唉，要是没有这雾便能确认了。

突然之间，雾气开始消散。既不是被风吹散，也不是受热蒸发。雾的浓度陡然下降，转瞬便消逝得无影无踪。

腕彦终于能清晰地环顾四周。太阳一成不变地闪耀着红光。环绕着腕彦的不知是天然形成的街道，还是人造的森林，看似延绵而去数千米。唯有一处场所与周遭风格迥异，那是座孤零零耸立在千米开外的山丘，山丘顶部残骸遍地。那些残骸与这个世界其他物体截然不同，明显是人造之物——正是由人类所造、现已面目全非的最远宇宙空间站，A3。

＊ ＊ ＊

"'克拉克号'呼叫A3！"船长兴奋不已，"再次确认，特异天体的特征是？"

"形状近乎球形，直径约十千米。"A3的男联络员也相当兴奋，"表面反射显示出金属的特性，能够观察到若干构造。它目前的速度是十万米每秒，但正在急剧减速。它还有三天才会到达A3的位置，届时其速度将会与A3同步，也就是说，会进入轨道交会路线。"

"其减速的原理是什么？"

"向电离后的星际物质施加电磁场并将其推向前方。是非常高效的减速方法。"

"该天体的真身是？"

"长周期彗星。"

"少开无聊的玩笑。"

"没开玩笑。按太阳系天文学会的分类标准来看就是如此。它符合长周期彗星定义第三条:运行轨道通过太阳系中心区域,且轨道远日点不明的天体。"

"按说它都算不上是天体。"

"它当然不符合此前的天体概念。不过,如今已达成共识,将太空中的非人造物体统称为天体。"

"你们打算就这么提交报告书?"

"是的。我们会观测该'长周期彗星',将结果巨细无遗地汇报上去。至于当局会做何判断、如何命名,那就不知道了。"

"我们会在交会的次日抵达。"

"真遗憾,你们将错过二十一世纪最重大的历史瞬间。"

"行事务必慎重,我们对对方的意图一无所知。"

"话虽如此,我方也只能听天由命。A3的大小不过对方的十分之一,推动力也只够用于轨道修正,而且没有装备任何武器,要说还有什么能做的,也就只剩向对方发送友好信号了。"

"你们居然向未知的对象发送信号?"

"那还能怎么办? 在我们发现对方前,对方就已经发现我们了。"

"那么有回应吗? "

"有，正在用地球上的计算机群分析。届时也会传送给你们。"

"有什么已知情况？"

"据说对方的语法结构相当复杂，翻译工作推进得很艰难。我方传送了辞典过去，因此对方也正传送过来。目前正式翻译完成的只有一处——'与我们共眠吧'。"

"这是什么鬼？劝降？"

"没有感觉到敌意，但意义不明。"

腕彦一直在船长旁边静静地听着。通信基于电波往返会产生时滞，因而进展缓慢。其间，希望与河子通话的请求数次到了嘴边，又被他生生咽了回去。私人通信虽并未被特别禁止，甚至可以说相当频繁，但在这人类即将与其他星系文明"第一次接触"[①]的时刻，谈及个人问题总归是轻率的。

何必着急。再过四天就能面对面地详谈了。有的是时间。

腕彦如此劝说自己。

＊＊＊

A3的残骸中，河子赤身裸体，瑟瑟发抖。她眉目含悲，看着腕彦。

---

① First Contact，指不同文明、文化间个人或组织的初次相遇。

"河子,是我。来我这边。"

河子无声地摇着头。

腕彦想跑去河子身旁,可地面突然化作泥潭。每走一步,脚都陷进泥里,举步维艰。

河子不发一言,用那盈盈的一双眼睛注视着腕彦。

腕彦索性在沼泽中匍匐而行,总算来到河子身边。

"冷吧? 快穿上我的衣服。"腕彦脱下制服,披在河子肩上。

河子却如薄雪般消逝了。

"河子,你丢下我要去哪儿? "腕彦当场失声痛哭。

他隐约觉得自己忘了什么重要的事,什么不可以回忆起来的事。

* * *

A3与巨大物体交会的联络传来后不久,音讯便断了。

根据"克拉克号"上的观测,巨大物体在交会后,用了一个小时才离开A3。此后它的路线虽呈流动性,但目的地似乎指向土星。土卫六上建有载人基地,这很难被视为偶然。难道巨大物体在探寻太阳系内的人类驻留地吗?

是应该追踪该物体,还是去调查A3的情况,船长迟疑不决,便请示地球当局做出判断。

来自地球的回复如下:巨大物体与A3之间可能爆发了冲突。在事态明朗前,应避免过度刺激巨大物体。慎重起见,土卫六基地已采取警戒态势,受到攻击时的反击行动也纳入考量。希望"克拉克号"迅速调查A3现状,进行报告。

A3的外表几乎看不出变化。A3规模很大,分为动力楼、居住楼和观测楼三大区域,互以狭窄的通道相连。其中,核反应堆所在的动力楼不会有人进入,仅有机器人来去。

经由产生的放射线可以确认核反应堆运行正常。通信断绝至少不是因为能源不足。

舱口有闯入痕迹——在被强行撬开后,自动安全装置启动,将舱口封闭。

"克拉克号"与A3对接后,腕彦与乡宫仍旧穿着宇航服,经过三道程序进入A3内部。这是防止将未知微生物带上飞船的预防措施。

"气压略有下降,但空气成分和温度等均在正常范围内。"乡宫汇报测量仪器的测定结果,"未发现未知微生物,不过,空气中的有机成分稍有增多。当然,并非有毒物质,只是普通的蛋白质。"

"这里有几名观测员?"腕彦咽了口唾沫。

"包括司令官在内共五名。只有司令官隶属宇宙军,其余均不是军人。"

也就是说，他们没有接受过战斗训练。

两人在通道里没有发现异常之处。

腕彦打开通往居住楼的门。

凄惨的景象跃入眼帘。

"啊呜呜呜呜！"耳边传来乡宫的惨叫，他似乎吐在了宇航服里。

腕彦却连声音都发不出来。

眼前倒伏着五具尸体，有男有女，惊恐的表情仿佛冻结在他们脸上。此外，所有人眉毛以上的头部都被利落地切离，分离的头顶部分滚落在尸体旁，里面被挖得干干净净。也就是说，他们的脑髓被取走，只剩了皮与骨。与身体相连的下半个头颅里也没有残留大脑。

未知的存在只从尸体上带走了大脑。

腕彦甩开乡宫阻拦的手，走近一具死尸，将其抱在怀中。

河子眸中充满惊惧。

*　*　*

景色晃动起来，听得许多人声，都只顾着各说各话，毫无呼应之处。腕彦试图凝听，却被一阵耳鸣搞得头晕目眩。

"你们是什么人？"腕彦闭着眼，捂住耳朵，胡乱吼着。

众声噤然。

腕彦慢慢睁开眼睛，放下了手。

四下无人，他独自伫立在废墟之中。

人造的森林，抑或是天然的街道，正环绕着山丘旋转。

仰望天空，只见赤云如血，长尾拖曳，以天顶为中心流转不休。

腕彦只觉得天旋地转。

他想起来了，河子死了。那么方才的河子又是何人？创巨痛深，怎么我竟忘却了？

一只手轻放在他的肩上。

白皙而冰冷的手。

腕彦缓缓回头。

* * *

就是退一万步来看，巨大物体的船员也远谈不上友好。它们夺走了驻A3基地所有观测员的脑髓，此外没动任何东西。只能认为它们就是冲着人脑来的。也不知是由谁起的头，三人开始称巨大物体的船员为食脑者。

根据A3里留下的记录，A3方面发出了"保持距离待机"的警告，巨大物体却置若罔闻，强行对接。然后径直撬开舱门，闯入基地内部。

食脑者身高约一百二十厘米，形态介于猿猴和青蛙之间。它对观测员的奋力呼叫全无反应，急速奔袭最初的牺牲者。扑上去后以锐爪刺入颈部，令对方动弹不得。接着，食脑者张大圆嘴，口中尖牙大大小小、形状各异，在圆形口腔的边缘密密麻麻排成两列。两排牙齿方向相反地旋转着，酷似电锯，只是刃口都朝向内侧。食脑者将牺牲者眉毛以上的头部完全含入口中，而此时牺牲者的意识依旧清明，因而哭喊不停，身体颤动着想要拼死逃离。但很快，牺牲者便无力再发出惨叫，而是半闭上眼睛，开始口吐白沫。这时食脑者暂且松口，大量鲜血从头部的切口涌出，将牺牲者的脸染得一片血红。食脑者用爪子钩住伤口，向上一提，脑髓便暴露出来，如果冻般颤颤巍巍。食脑者的双爪小心翼翼地取出人脑。利爪触及脑部的瞬间，牺牲者剧烈痉挛。然后，食脑者将取出的人脑放入血盆大口中，整个吞下。

在此期间，其他观测员当然并未袖手旁观。他们用金属块和棍棒拼命攻击食脑者，却是枉费功夫。食脑者吞掉第一个脑髓后便袭向第二个人。当第二名牺牲者的脑部裸露出来时，观测员们四散奔逃。

食脑者不慌不忙，再次吞下脑髓——每当吞下人脑，其下腹便会"咕嘟"一下凸起——然后才慢条斯理地寻找起下一个猎物来。

不知是不是有所感知，食脑者似乎对人类藏身之处一清二楚，而且还拥有能轻易撕开金属的臂力。它挨个找出藏匿起来的人，吞掉他们的脑髓。

河子遇袭的画面出现时，腕彦不忍直视，垂首呜咽。

食脑者吞食完所有人的脑髓后，便与来时一样，撬开舱门扬长而去。

影像结束后，三人都一阵缄默。

约五分钟后，船长终于开了口："到底是怎么个情况？"

"看上去它是在吞食人脑。"乡宫脸色苍白地说。

"这我知道。我想知道的是，那些家伙为什么要吃人脑？"

"或许是为了补充蛋白质？"

"造得出那么巨大的宇宙飞船，并进行恒星际飞行的家伙们，怎么会忘记带上必需的蛋白质？"船长烦躁地说。

"那……会不会是这种情况：食脑者并非宇宙飞船的船员，而是类似家畜、宠物或实验动物之类的生物，是从飞船里逃出来的？"

"如果是这样，则解释不了宇宙飞船不采取任何对策就离开的行为。那玩意儿如果不是船员，就肯定是生物武器。"

"以生物武器来说效率未免太低了。明明可以更轻易地杀掉对方，为什么要特地取出脑髓？"

"那种事根本无关紧要。"腕彦低声说。

船长和乡宫不再作声，凝视着腕彦的脸。

"混账！"腕彦一拳捶向舱壁，"那家伙从我这儿永远夺走了与河子和解的机会！不可饶恕！"

"我理解你的心情，但眼下需要的是对状况进行分析。"

"有什么好分析的，对我们而言，食脑者分明就是敌人！我方友好相迎，它却报以单方面的杀戮。假如那家伙是有感情的，也无疑是纯粹的恶意。我们现在应该立刻破坏那艘宇宙飞船。"

"西山下，冷静！"船长将手放在腕彦的肩上，"很遗憾河子遭此厄运。但是，同宇宙飞船战斗并非我们的任务，我们也没有用来战斗的武器。现在只能交给土卫六来解决，你明白吗？"

腕彦没有回答，仍目不转睛地盯着屏幕上的食脑者。

* * *

眼前之物虽具人形，却是由玻璃和金属构成的。

"你是谁？"腕彦问道。

"我是为引导你而来的人。"

"起码也该报上名来。"

"名字不过是符号。但若你坚持，不妨称我为'门托尔'①。"

———

① Mentor，希腊神话中的智者，英雄奥德修斯远征特洛伊前将其子托付给他教导，因而此名有指导者、引导者之意。

"我是西山下腕彦。既然你说要引导我，就先告诉我这里是什么地方？"

"此处非任何所在。无论何处，皆是你希冀之所在。"

* * *

土卫六基地对巨大物体发出了"请勿进一步接近"的警告，并言明"一旦接近，必予以痛击"。然而，巨大物体并未修正驶向上卫八的轨道。于是土卫六进入战斗状态，当巨大物体进入土卫六的环绕轨道时，基地将所有导弹尽数射出。虽然导弹上都装有核弹头，但目的不是为了直接命中。在宇宙空间内，核武器不会产生太大效果，因为没有大气，冲击难以传导，热量和放射能也几乎不会残留。

土卫六基地所采取的作战方式，是将数万枚核弹头分散在该物体周围一百千米范围内，然后一齐引爆，同时从全方位造成冲击，形成高温高压环境，一口气摧毁敌人。

人类所缔造的原子核喷射出火光，在土卫六的上空蔓延。

然而，巨大物体完好无损，可见并非寻常物质。

接下来，令人难以置信的一幕发生了，巨大物体自行降低轨道高度，最终在地表着陆。落地时的冲击引发了天体规模的大地震，熔岩如汪洋涌出地表。竟让如此庞然大物硬着陆，堪称疯狂之举。

巨大物体着陆后，从中涌出无数食脑者。它们毫不在乎超低温的大气，浩荡横扫土卫六，对所有的基地发起进攻。

人们拿起一切武器应战，却毫无招架之力。虽然也打倒了不少食脑者，却于事无补。食脑者蜂拥不绝，人们于苦战中矢尽兵穷。

无论是力战至最后者，还是束手就擒者，最后都殊途同归。人们的天灵盖被切开，脑髓被吞食。无论男女老少，食脑者一视同仁。

吞光土卫六基地所有人的脑髓后，食脑者争先恐后地返回了巨大的宇宙飞船。伴随着燃尽土卫六半个表面的爆炸，球体腾空而起，飞向宇宙，踏上前往地球的路。

很快，"克拉克号"收到了来自地球的紧急联络。

"说是让我们去与食脑者的飞船交会。"船长说。

"什么？"乡宫瞪圆了眼睛，"地球当局按说也该知道'克拉克号'上没有武器。"

"他们当然清楚得很。但是在食脑者抵达地球前，从所处方位以及速度、燃料的条件来看，能够与那些浑蛋交会的，只有我们这一艘飞船。"

"荒唐透顶！就算能够交会，我们手无寸铁的又能干什么？"

"我要去。"腕彦咬紧牙关，"我要把那些家伙拖出来大卸八块！"

"盲目冒进只能白白送死。"船长劝诫腕彦，"我们的首要目的，是尽可能收集食脑者的相关数据并传送给地球。如果有了充分的情报，或许就能通过分析找出它们的弱点。这也是为被屠戮者报仇雪恨之法。另外还有个情况也搞清楚了，据说那则'与我们共眠吧'的信息，其实是'与我们共赴梦境吧'的意思。"

"真是越来越不知所云！"乡宫烦躁地说，"如果脑子都被吃了，还做什么梦。"

* * *

"'无论何处，皆是你希冀之所在'？"腕彦听得晕头转向，"那我换个问题。我为什么会在这里？"

"虽说询问意图不明确，但倘若你是在询问理由，我的回答是'出于好意'。"

"好意？谁的好意？"

"不是某个人的好意，而是普遍的、集体的好意。"

"你该不会是在说神明吧，门托尔？"

门托尔竖起一根光华跃动的手指。骤然间，空中黑云密布，雷声轰鸣,闪电劈空而至。门托尔放下手指,狂风暴雨瞬间偃旗息鼓。

"不,我所说的与神明无关。"

* * *

"克拉克号"在小行星带附近追上了食脑者的飞船。

"快看,飞船表面的状态较之以前竟别无二致。"乡宫发出惊叹,"明明遭受了核攻击,降落时还那么胡来,几乎可以算是坠落在土卫六上了。"

"也许那飞船极其坚固?或者有自我修复功能?"船长抱着胳膊说。

"这意味着正面进攻毫无胜算。"腕彦全神贯注地盯着食脑者飞船的影像,"总会有办法的,肯定会有……"

"飞船周围形成了强大的电磁场。这会不会既是推进力,又是某种防护屏障?"

"即是说,飞船最外层并非物质,而是电磁场?"

"它们为什么要如此严防死守?"腕彦抛出疑问。

"保护自己的飞船不是理所当然的吗?"

"如果它们的目的是发动战争,应当派出几千架更小巧、机动性更高的战斗型宇宙飞船才对。"

"可能因为大家伙的破坏力更强。"

"飞船本身对战斗毫无助益。参与战斗的是赤手空拳的食脑者们，这就意味着飞船上没有装载武器。那么，那艘飞船里装的会是什么？"

"食脑者它们自己，还有食物和各类物品？"

"不装载武器于理不合。我们和它们的战争并非始于偶然。难以想象不惜跨越若干秒差距[①]前来发动战争的家伙们，会建造一艘大而无当的宇宙飞船。"

"那帮家伙在与我们迥然不同的世界里构建出大相径庭的文明，有些难以理解也不奇怪。"

"我看还是需要确认。"

"要怎么做？我们已经用上所有观测设备来观察食脑者的飞船了。"

"再靠近些。"

"你在说什么胡话。要是这么做了……"船长悚然变色，"难道你是想，怎么能……"

腕彦点点头："让它们攻击我们。"

"说什么蠢话！A3和土卫六的惨状你是没看到吗?！"

"没错，正因为在那两场战斗中看到了它们的行动，我才有

---

①Parsec，天文单位，主要用于量度太阳系外天体的距离，一秒差距约等于三点二六光年。

了这个想法。食脑者的飞船上没有航天飞机，所以对接也好，着陆也好，都由飞船直接进行。如果'克拉克号'接近那艘飞船，对方为了入侵我们的飞船，应该会强行对接。既然对方可以侵入我们的飞船，我们未尝不能反向潜入。"

"就算我们成功闯进去了，你打算怎么做？"

"尽可能地实施破坏活动，然后将掌握到的情报依次传送给地球。"

起初，船长持强硬的反对态度，但终究还是做出了让步。因为事实显而易见，这是"克拉克号"唯一能做的。

当"克拉克号"接近至距食脑者飞船一百千米处时，磁场发生了极大的变形。它伸展开来，简直就像是要将"克拉克号"裹入其中。

"它们打算干什么？"乡宫纳闷道。

"会不会是想利用磁场拉近我们？"船长推测。

"可是'克拉克号'本身不带磁场，也不是磁体，无法牵引。就算是它们，也不至于不知道。'克拉克号'的外壳是铝合金，因为是导体，多少会受到些磁场的影响，不过牵引就……"

"敌方飞船正在喷射什么东西！"腕彦赶忙确认仪器，"是高密度的等离子体，正沿着磁感线向我们的后方高速射出。"

"怎么回事？"

"就像在磁石与铁砂实验中所知的那样，磁感线会画出很大的环形。沿磁感线流动的等离子体很快就会返回飞船，而处于这条路径上的我们也会被卷入归流中。"

"必须马上逃离！"

"要怎么做？我们已经被等离子体流围住了。"

"不能引擎全开逆流冲出去吗？赶在等离子体流到达前充分加速！"

"会起反效果的。"腕彦迅速完成了计算，"考虑到等离子体的密度和速度，接触时的冲击会相当惊人。若操作上有个闪失，足以令'克拉克号'瓦解。反倒是向食脑者飞船方向加速，缓和与等离子体流接触时的冲击更有出路。"

"克拉克号"尝试着更加接近食脑者的飞船。

不多时，等离子体流浩荡而来，"克拉克号"剧烈地震动不休。所有的金属表面都产生了涡流，火花四溅，燃烧起来。

腕彦只觉得指根处炽热如火，他知道皮肉正渐渐焦煳，但仍咬牙忍耐着。那是河子送给他的戒指。

"呜哇！！"旁边的乡宫一把扯下自己的手表，手腕上已形成了一圈灼伤。

"克拉克号"开始旋转。三人都被离心力抛到舱壁上。

"快看！食脑者飞船的外壳上形成了入口！！"乡宫指着紊乱却仍在勉强工作的显示器。

那是个直径约一千米的洞，位于磁场中心，正在鲸吞所有返回的等离子体。"克拉克号"也裹挟在等离子体中,被一同吸入内部。

加速骤然停止。磁场消失,等离子体扩散开来。

"克拉克号"的辅助引擎开始运作,自动调整姿态,但还没等完成,入口便关闭了。

三人都扑向中央控制台,开始观测周围的环境。

食脑者飞船的内部存在着巨大的空洞。没有任何照明,只有等离子体产生的微弱电磁波。等离子体及其冷却生成的气体都在急速减少,恐怕正经由类似于泵的东西排放出去。没过多久,"克拉克号"就被黑暗彻底笼罩了。

直至等离子体消退前,通过被动的观测得知,空洞大致呈球形,且在中心一带存在不明的巨大块状物,形状为接近半球体的不规则物,直径超过一千米。此外还观测到无数一两米大的浮游物四下纷飞。

"亮灯吧,"乡宫提议,"在黑暗里没法行动。"

"主动的探测可能会引来攻击,必须谨慎应对……"

"对方的攻击早就开始了。现在可不是从长计议的时候。"腕彦不等船长命令,就按下了照明开关。

强烈的白光驱走黑暗,他们看清了周遭的一切。

当三人意识到自己目睹了什么时,不由得倒吸一口凉气。

空洞正中悬浮着巨大的粉色的人脑。微妙的形变泛起波纹,不时在大脑表面游走。那不是单纯的脉动。若仔细观察，会看到同一瞬间大脑某处或凸起、或凹下，不断交替变换着。

巨型人脑被一层薄膜似的东西包覆着，难以辨别那是物质，还是等离子体和磁力所生成的拟似物质，抑或其他什么更为奇特之物。无论是什么，那东西似乎都起着避免脑髓直接接触真空、维持巨型人脑环境恒定的作用。

食脑者们在巨型人脑周围飞来飞去。它们本身不具备推进手段，改变方向或加减速时需要利用舱壁或其他食脑者，在撞到什么东西前都做匀速直线运动。不可思议的是，竟没有一个个体撞上巨型人脑。这只能让人认为，看似随机发生的冲撞实际上完全被掌控着。若是如此，则意味着食脑者们并不拥有独立的智慧，是由单个系统完全控制管理的。

有时，也会有食脑者靠近巨型人脑。它通过多次冲撞同伴，极为和缓地触及薄膜，然后钻入膜中，到达脑的表面，大张其口，呕出脑髓。虽然有些变形，但食脑者口中吐出的、牵着数根涎丝的，分明就是人类的大脑。

食脑者用锐爪小心翼翼地剖开人脑。看起来，它绝不是要将其分解，而是要在不伤及重要部位的前提下，慎重地制作脑部的展开图。

将人脑展开后，食脑者在巨型人脑的表面拨弄出一处空间，嵌入人脑，并动作麻利地将两者结合起来。人脑上延展而裸露的神经断面，都一根根地接在了巨型人脑上。

操作完成后，人脑与巨型人脑完全融为一体，不留一丝痕迹。食脑者这才悠悠地离开巨型人脑的表面。

这般光景在巨型人脑的各处同时上演着。

"这到底是怎么回事？"船长茫然无措地说。

"看来这艘宇宙飞船装载的就是这个巨型人脑。"腕彦咬牙切齿地说，"食脑者们不是要吃掉人脑，而是在筹集构成巨型人脑的材料。"

"可是，它们为什么要这么做？"

"我不知道原因。这玩意儿可能相当于控制飞船的电脑，或者是它们自身的中心智慧体。不管是什么，从它们的行为来看，这都无疑是非常重要的东西。"

"为什么偏偏是人脑？"

"像人脑这样高度集成化的信息处理系统，即便在整个宇宙中也是弥足珍贵的存在。或许正因为不可制造，所以只能从智慧生命体上夺取。从被夺走的人脑数量上看，那个巨型人脑实在是大得过分了。在造访我们的太阳系之前，它们肯定已经袭击过若干行星系。"

"这种族真是祸害！"

"必须立刻联系地球才行。"

"已经在联系了。只是不知道信号能否送达。至少，我们没有接收到地球发来的信息。"

"何必在意。"乡宫哼道,"知道了也不会改变什么。地球早已认识到这些家伙是敌人了。"

"比起担心地球,眼下还有更迫切的问题。"船长说,"'克拉克号'周围的食脑者数量正在急速增加。"

不少食脑者已攀附在"克拉克号"的外壳上,用尖牙利爪嘎吱嘎吱地剥离船体表面的材料。

"能撑住吗?"船长大吼。

"不行。"乡宫摇着头,"外壳只是普通的铝合金。虽然抗热,也能应付整体性的扭曲,但面对局部的物理攻击不堪一击。虽然飞船内被舱壁细分成各个部分,空气不至于立刻流失尽净,但舱壁本身也只有和外壳同等的强度。"

"快穿上宇航服!"船长叫道。

全员刚穿戴整齐,就听到飞船各处传来了破裂声,看来外壳已遭到多处破坏。显示器上映出食脑者被气流吹跑的身影,但危机并未化解,飞船四周密密麻麻地爬满了食脑者。

"就没有什么武器吗?"腕彦问。

"只能捡些掉落的铁管用了。"

然而没有什么铁管掉落。

"有好消息,也有坏消息。"船长说,"首先是坏消息,根据传感器显示,飞船内已有食脑者闯入的迹象,而我们毫无自保之法。"

"那好消息呢？"

"我们不用忍受头盖骨被咬开、脑髓裸露出来的痛苦。因为在真空中，头盔一被摘掉，我们就会死翘翘。"

船长话音未落，舱壁便四分五裂。一瞬间，食脑者的身影在他们眼前闪过，但当即就被喷出的气流吹飞了。

不容他们喘息，下一个食脑者便出现了。它瞪大眼睛在三人之间来回打量，像是在给他们估值似的。

"混账东西！"乡宫先发制人，向食脑者发起攻击。

食脑者轻巧地躲闪开，飞在空中，从背后抱住乡宫的宇航服，抓住了他的头盔。

乡宫听天由命地闭上眼睛。

食脑者嘴巴大张，连同头盔一口吞入。

乡宫剧烈地挣扎着。

腕彦和船长又踢又打，想把食脑者从乡宫身上拽下来，却没伤到食脑者半根毫毛。几秒后，乡宫的身体便瘫软下来，随着"砰"的一声，食脑者放开乡宫，只留下支离破碎的头盔和失去了脑髓的乡宫。

此情此景惨不忍睹。

腕彦感到毛骨悚然，面对这群怪物，他们毫无胜算。

"总之，还是想办法先逃……"腕彦转过身，看见船长的头盔被食脑者吞入口中。

他正欲奔上前，只觉得眼前一黑。

＊＊＊

"那时，我被食脑者袭击了。可我为什么还活着？"

"食脑者们并没有杀死你。"

诚然，如果脑死亡才意味着死亡，那么食脑者们的确没有杀死牺牲者。

"食脑者收集新鲜脑髓，是在制造生物计算机吗？"

"那不是计算机，巨型人脑也不像你认为的那样操控着食脑者。食脑者拥有独立的集体智慧。"

"那，那个巨型人脑究竟……难道，这里是……"腕彦环顾四周，"我的脑髓被夺走了吗？"

"并非夺走，而是解救。因为你的本质存在于脑中。"

"那么……这些、这些都……"腕彦摊开双手，仰望天空，"全都是梦？"

"是的。而且与现实并无不同。"

"我的躯体死了，再也不会苏醒。"腕彦瞪着门托尔，"为什么要做如此残忍的事？"

"正如我刚才所言，是出于好意。"

"剥夺人类的躯体,只留下脑子,算什么好意?"

"人类的存在既不自由又不幸。哪怕仅是为了生存,都必须持续消耗大量的资源。而这,仅仅是延续了充斥着忍耐的人生。但如今,你们终于被赋予了真正的自由。"

"真正的自由?"

"这里是由诸多智慧体的梦联结而成的世界,能实现一切愿望,让你得偿所愿。"门托尔打了个响指,金银财宝、世界各国的美食佳肴以及成群的美女便出现在腕彦眼前。

"实现愿望? 这些不过是脑中幻象罢了!"

顷刻,眼前所现烟消云散。

"你所谓的现实,和脑中幻象又有何不同? 都是五感的信息被送入大脑,据此在脑中制造幻象。"

"但那至少是基于现实的幻象。"

"你何以知道是基于现实?"

"现实世界中的万物,不光人类感觉得到,还能通过器械观测来确认其存在。"

"原来如此。"

各式各样的观测器械出现在眼前。

"这里备齐了你所需要的全部测量仪器。你何不试着用它们来确认我的客观存在?"

"这么做毫无意义。这些仪器本身就是梦的产物。"

"那么，要为你准备用来确认这些仪器客观存在的仪器吗？"

"枉费工夫，梦就是梦，什么都证明不了。"

"那么，在你曾经身处的现实世界中，就能够证明事物的客观存在吗？"

腕彦无言以对："等等，我脑子很混乱，让我思考一会儿。"

"可以，我们有的是时间。"

腕彦离开门托尔，坐在一根天然电线杆，抑或是人造树木之下冥思苦想。他沉思了数小时，又延续数日，终于得出结论。

这个拥有实感、行动自由、什么都能得偿所愿的现实，与只剩下大脑，且和陌生人的大脑相连，全无实感的现实——哪个更值得接受，不言而喻。

腕彦回到门托尔身边。

"倒是比我想象的快。得出结论了吗？"

"我决定将这个梦中世界当作现实来接受。"

"很好。毕竟我们也不愿强求。倘若你无法接受，本打算消除你的记忆，送返原来的世界。"

"办得到吗？我的肉体已经死亡了啊。"

"在这个世界，一切都能如你所愿。"

"该不会是让我在这个世界里做回到原来世界的梦吧？这和真正回去是两码事。"

"不，并无不同。莫非你认为自己能区分得出来？"

"不知道。大概不行。"

"识别不了的差异便不是差异。"门托尔继续说道，"若你希望回去，不如现在就进行？"

"那时，我是否会忘记这世界是一场梦，再也意识不到自己身在梦中，如此度过一生？"

"虽然这取决于'一生'意味着什么，但你也可以这么认为。当然，如果你不愿意一无所知，设定在人生某个时间点发生某事以助你察觉真相也是办得到的。"

"我眼下暂不回去，待体验过这世界的种种再做决定也不迟。"腕彦毫不犹豫地回答，"其他人怎么样了？"

"A3、土卫六和'克拉克号'上的人类都已联结完成。将地球上的所有人类联结进来也只是时间问题。"

"我今后该做些什么呢？"

"尽可随心所欲。你可以吸收无尽的知识来无限地扩充自己，也可以构建一个世界，设下诸多限制，深入其中去探险。你可以分裂成多个自己，也可以和其他人类融合。哪怕如刚才所说，回到原来的世界也是你的自由。"

"和某人一起生活也可以？"

"当然。"

"你是谁？"

门托尔的身影变得朦胧起来。

"是我。"河子温柔地微笑着,向腕彦伸出手。

腕彦抱紧河子:"你是真正的河子吗?"

"这个问题没有意义。因为我已与这个世界融为一体。"

"对不起,丢下你一个人那么久。"

"没关系,因为一切都已被宽恕。"河子在腕彦的耳边温柔地低语,"我们被救赎了。"

"走吧。"

两人互相挽着手,迈开脚步。神秘森林的对面,无限的世界在眼前延伸,斑斓璀璨。

"我能习惯这个世界吗?"

"哎呀,毋庸置疑。你不知道吗?一切本就从来如此。"

风止之时

空からの風が止む時

据说，重力衰退最初就发生在绪音出生的那一天。

绪音的母亲也察觉到了异常，却因为处在非日常的"分娩"状况中，误以为是自己的错觉。她还将周围兄弟姐妹的惊慌失措都归因于自己的分娩。所以，当她终于意识到那是世界性的异变时，已过去了十刹那[①]。心再宽也该有个限度。绪音听说此事时，简直目瞪口呆。

不过，正因母亲生性如此，她才能在父亲出发去世界边缘时，从容自若地为其送行。如此想来，母亲的性格与父亲可算相得益彰。唉，真想像母亲那样安然自得。

可是，绪音做不到如母亲般悠然度日。几乎每天都有令人心烦的事来叨扰她。为什么只有自己要受这种罪？绪音感到不可思议，却怎么也找不到答案。她不过是希望随心做自己想做

[①] 佛教经典中的最短计时单位，玄奘所著《大唐西域记》："时极短者，谓刹那也。百二十刹那为一呾刹那，六十呾刹那为一腊缚，三十腊缚为一年呼栗多，五年呼栗多为一时，六时合成一日一夜。"

的事而已,却总有人干涉。

在伙伴们兴致勃勃地给图画上色,或者玩着娃娃时,绪音总是仰望着天空。她对其他孩子没有兴趣,其他孩子却不肯让她清静。

"绪音,你在看什么?星虹[①]?"

"我在看风。"绪音回答,视线始终没有离开天空。

"风?风哪能看得见!"

"可是,风一直在吹。"

"当然喽,风是从天上吹过来的嘛。"

"我想找到它。"

"找到什么?"

"风的真身。"

"真身?"

"风从哪里来,又往何处去呢?"

"风从空中来,往边缘去。你不知道?"

"知道是知道,可是,然后呢?"

"然后?"

"抵达边缘的风会怎样?是从边缘继续前往别的地方,还是再度返回天空?"

[①] Starbow,该词由弗雷德里克·波尔在其科幻小说《星虹尽头的金子》(*The Gold at the Starbow's End*)中创造,用来形容飞船相对于星星以亚光速运动时,因为多普勒效应和狭义相对论的效果,使船员观察到星光如彩虹的现象。

"不知道。去哪儿不都一样。"

"为什么这么说？"

"风又没带标记。昨天的风和今天的风一样还是不一样，我们哪搞得清楚。搞不清楚的事想也没有用。"

"我就是想找到风的标记。"

"不是说了吗，没有标记。"

"到底是不是真的没有，我会每天确认。"

"你好傻哦。"

"不过，除了一直在这里寻找风的标记外，其实还有方法确认。"

"怎么确认？"

"到边缘去，追踪风的去向。"

"做不到的。一旦靠近边缘，风就会横扫过来，万一掉下去，可就没命了。"

"谁说的？"

"大人都这么说。"

"可我爸爸就追着风，越过了边缘啊。"

很少有孩子相信绪音的话。很快，孩子们就不再来找她说话了。大家都对她心生畏惧。

保姆们也告诫绪音不要再盯着天空："小绪音，别光顾着看天，去和伙伴们玩呀。"

"我在看风呢。"

"你再怎么看，风也不会对你说话。"

绪音摇着脑袋："我不是想听风说话。我是想捉住风，问个明白。"

此后，数牟呼栗多一晃而过，绪音长大了。

伙伴们纷纷将目光转移到新的兴趣上，很快迎来了渴望与异性交往的年纪。

绪音却一如既往，独自躺在草地上，仰望天空。

"听人说你总是在看风？"少年紧贴着绪音坐下，露出柔和的笑容。

绪音暂时将视线从天空挪开，面无表情地望着他。

那少年高挑而挺拔。

不过，最近的年轻人都高挑挺拔，无一例外。绪音自己也和少年差不多高，比母亲更是高出半身有余。近来，她的头常常撞到家里的天花板。这一倾向在年轻一代身上表现得非常显著。因为随着重力减弱，抑制生长的因子也减少了。他们的个头拔高了，肌肉却也消减萎缩了，因为无论站立还是行走，都几乎用不到肌肉的力量。

"嗯，是啊。我总是在看风。"绪音将视线挪回天空。

"你对气象感兴趣？"

绪音思考了片刻，回答："嗯，是啊。我对气象感兴趣。"

"那你肯定聪明。"

"没那回事。"

"我呀，理科完全不行。"少年索性也在一旁躺下，"真神奇啊，也不知天空究竟会延伸到多高。"

"无穷无尽。"绪音淡淡地回答。

"真的？"

"是啊。我不知道是不是真的没有尽头，但事实上，它确实高到可以被视为无穷无尽。"

"那么，风就从那个事实上无穷无尽远的彼方吹拂而来？"

"已知直至一百秒差距的高空，仍可以追溯到风的流动。"

"风为什么会吹过来呢？"

绪音直起上半身，无言地注视着少年的脸。

"我脸上有什么吗？"

"我在确认你没有开玩笑。"

"什么意思？"

"因为答案不言而喻。"

"风吹下来的答案？"

绪音点点头。

"对你不言而喻的答案，在我看来却难以理解。"

绪音连根拔起手边的草，连带着土块举到少年脸部上方，松开手。

"哇!"被撒了一脸草和土的少年忙不迭地跳起来,从口中吐出土块,"你干吗?"

"草为什么会从我的手中移动到你的脸上?"

"这还用说?是因为重力,高处的物体都会往下落。"

"没错。所以,风也是落下来的。落下来的风碰撞到地面后,便顺着地面流动,等抵达世界的边缘,就从那里再次落下。"

"那么风是流动不休的喽?"

"大抵如此。"

"不过,照你刚才所说,风应该向着边缘不断下落,可这附近的风似乎没那么强劲啊。"

"这个世界状如圆盘,风是倾注在整个盘面上的。因而,在世界中心一带会形成风眼,风在风眼上会像滑过般流向边缘。所以风眼内只会有微风吹拂。"

"这块土地就在风眼之下?"

"是的。而且越是靠近边缘,风就越强。边缘处还会形成骤风,吹走一切。"

"如果你说的都是真的,那恐怕这世界上的一切迟早都会被吹落下边缘。"

"或许吧。"

"要是这样,未来一定会变得空寂荒芜。"

"要是维持现状就不会。"

"为什么？"

"风虽会吹走一切，但同时也会带来什么。这世上万物，土、草、动物，还有我们，都是从往昔乘风而来的。"

"你怎么知道？"

"若非如此，世界早该空无一物了。"

少年笑了起来："你是在开玩笑吧？"

"我喜欢笑话，也喜欢开玩笑，"绪音露出微笑，"但是我刚才说的句句属实。"

少年不作声了。他站起身，像是想要离开，但似乎又改变了主意，再次坐下："你刚才的话里有个地方不太对劲。"

"嗯，没错。"

"如果自这个世界形成以来，风就在不断下落，那天空之上应该早就没有风了吧？"

"我也有此疑虑。"绪音皱起眉头，"天空之上，究竟还剩下多少风呢？"

"而且，从边缘落下的风还会继续下落，对吧？世界下方，会有积聚得下那么多风的地方吗？"

"我一直在琢磨，风会永远吹下去，还是会在某天停息呢？"

"在意这些也无济于事啊。"

"是吗？风是组成这个世界的一部分。一旦它停下来，难以想象会发生什么。"

"就算风会停止，也是很久以后的事。"

"世界已经在变化了，你应该也是知道的。"

"你是指我们出生时重力衰退的事？可那只发生了一次。"

"不是的。只是大人们佯装不知、自欺欺人罢了。变化从未停止。"

"……"少年盯着绪音，眼含恐惧。

"打那之后，重力一直在衰退，虽然缓慢，但无疑是在衰退着。"

"怎么可能?!"

"是真的。我们自身的成长期和重力的衰退期重合，所以难以察觉。但大人们应该有明显的感觉。"

"这肯定是你的妄想!"

绪音从衣服口袋里掏出单摆，在少年眼前摆动起来。

"催眠术?"少年调侃道。

"它的周期每过一牟呼栗多都会变长一点。"

"什么意思?"

"当摆角足够小时，单摆的周期与重力的平方根成反比。"

"你到底在说什么?"少年直眨巴眼。

"如果我的计算是正确的，"绪音眼神迷离地凝视着天空，"再过三牟呼栗多，重力便会归零。"

此后又过了两牟呼栗多,世界的变化在任何人看来都显而易见了。

扬起的沙尘在好几刹那后还在飘舞,没有翅膀的小动物们也开始在风中飘浮。孩童们双手拿着团扇,乐此不疲地玩着虚拟空战,镇上的大人们每次碰面时总会谈及对这现象抱有的不安,并商量对策。

终于有一天,人们被召集到长老家中。

"今天找大家来的理由,我想就不必多费口舌了。"长老开口道,"我们到底应该怎么做?"

"比起该怎么做,我认为还是有必要先说明发生了什么。"一名年轻女子说。

"谁来说明?"

"当然是长老您,这不就是您的职责吗?"

"原来如此,可这实在是为难我了。因为我也不知道发生了什么。"

"您真的什么都不知道? 总归有点头绪吧?"

长老正要做出一筹莫展的手势,就听一名中年女性道:"也不能说全无头绪,线索至少还是有一个的。"

片刻的沉默过后,好几个人兴奋道:"对啊。几牟呼栗多前不是往边缘派遣过调查队嘛,那时的报告书哪儿去了?"

"就在图书馆，谁去都能阅览。"

"上面写了什么？有人看过吗？"

"我看过，不过早在两三牟呼栗多前了。"

"能不能派上用场？"

"不大记得了，好像也没写什么大不了的事。我记得，也就写着世界的形状是个扁平的薄煎饼之类的……"

"真的？我一直以为世界是桌形的……"

"世界的形状根本无关紧要吧！"

"谁说的。如果世界是薄煎饼形，那它靠什么来支撑？"绪音说。

所有人都看向绪音。

"绪音，你怎么会在这里？请你出去。只有大人才能参加会议。"

"我已经是大人了。"

"你多大？"

"十七岁。"

"那你还不算大人，等到下个牟呼栗多再说。"

"下个牟呼栗多怕是不会来了。"

"绪音，有些话可不能随便说。"

"再有半牟呼栗多，这世界的重力就会消失。到那时，世界还会存在吗？"

"绪音,立刻给我出去!"一名男子抓住绪音的肩膀,打算用蛮力拽她出去。

"等等!"绪音的母亲跑上前,"我是绪音的监护人。还请你们务必让这孩子参加会议。"

"可是未成年人不得与会,这是自古就定下的规矩。"

"现在哪是计较这种事的时候!"绪音叫道,"长老,求您了!"

长老闭目沉思片刻,回答道:"好吧,我允许绪音在此向大人们阐述自己的意见,但不可参与表决。"

"谢谢您,长老。"绪音跪地以示感谢。

"别忙着道谢。你先拿出半牟呼栗多后世界便会终结的证据来。"

"我可没说世界一定会终结,只说了重力会消失。请各位先看看这个。"说着,绪音从包中取出一卷纸,铺展在地板上。纸上画的图表基本呈直线状倾斜,"横轴为牟呼栗多,纵轴则为从单摆周期推算出的重力强度。如图表所示,重力强度呈单一递减趋势。而且,如果继续延长这条直线,便可知重力将在半牟呼栗多后归零。"

大人们目不转睛地盯着图表,七嘴八舌地讨论着。

"的确呈明显的直线状,不过哪能就这么将其延长至零呢?在归零之前,它会半路停止也未可知,有必要现在就开始惊慌吗？"一名刚迈入老年的男性说。

"说不定重力归零后，又会慢慢增强。这现象可能只是暂时的。"一名中年女性说。

绪音叹了口气："重力的确可能在归零前终止递减，也有可能回升。但若是我们毫无准备，听之任之，一旦重力真的归零又该如何是好？难道就眼睁睁地错失避免危机的机会不成？"

"绪音，假如重力归零，你认为会发生什么？"

"所有没被固定的东西都会飘起来。因为地面并非直接固定在世界岩盘上，所以会变成支离破碎的土块和岩石，飘散在大气中。"

"那我们所有人是不是都会被抛到天边去？"

"我觉得这种事大概不会发生。"

"这么说有什么依据？"

"因为有风。我们多半会被从空中吹下来的风吹回地面。但如果升得太高，则可能被吹到边缘去，飞出这个世界。"

"重力若是消失，风也就不再下落了吧？"

"我们的文明延续了数万牟呼栗多之久。在此期间，风从未止息。即便以后重力消失，风速应该也不会变化。"

"如此说来，我们幸存的可能性不算低。只要还有风，就能够获取所需的物质和能源。我们可以制造拥有简易推进装置的交通工具，载着所有人悬浮一段时间。等土石被吹走，露出世界岩盘后,我们再着陆不就行了。"

"不错。不过,我认为光这样还不能说是万全之策。"

"说说你的理由。"

"图表在重力归零后仍能继续延伸。这意味着重力可能会变成负值。"

"负重力会是什么情况?"

"不需要想象得特别复杂,就是方向变反而已。简单来说,就是天地颠倒。"

全场哗然。

"风在这种情况下也会保护我们吗?"

"风只会在逆转后重力极弱的期间给予我们保护。随着重力绝对值的持续增加,风压很快就会支撑不住。"

"我们会自天边永远地坠落下去吗?"

"未必是永远,但视作永远也无妨。"

"在这半年呼栗多里,我们能采取什么样的对策?"

"我考虑了三个对策。其一正是刚才长老所说的方法。即使重力逆转,也不会一步到位。我推测可视为无重力的状态会延续数刹那。所以,我们应该有充足的时间将交通工具固定在裸露出来的世界岩盘上。等重力逆转之后,我们会在那交通工具中延续生活。"

"头顶着世界岩盘,脚下是无尽深渊。这种生活可真是叫人提心吊胆。"

"习惯了就好。"

"其他方法呢？"

"绕到世界的背面去。既然世界是圆盘状的，世界的背面现在无疑是天地倒转的状态。等重力的方向逆转，岂不就会轮到背面世界正过来？"

"那风呢？"

"风会从下往上吹，其中一部分应该会越过边缘绕回来。据说世界背面也有其他的能量源，对吧？"

"还报告过其他生态系统的存在。"长老的说法模棱两可，"如果那是真的，我们会成为入侵者，破坏世界背面的生态系统。"

"反正由于环境的巨变，生态系统势必重建。如果把握好了时机，我们应该也能成为新生态系统中的一员。"

"移居的时机很难把握。逆转结束后再移动困难重重，但在逆转前就移居则太过危险。从我们这一侧扬起的尘土、岩石可能会飘到背面，在重力的作用下坠落。"

"在边缘附近建立前沿基地观察情况就行。"

"具体事项以后再考虑，说说你的第三个对策。"

"离开这个世界。"

大人们面面相觑："你认真的？"

"是的。毋庸置疑，这个世界会迎来巨变。没有理由认为变化将仅限于重力，环境也可能不再适合我们生存。待到那时再慌乱肯定为时已晚。我们必须趁还有时间和资源的时候做好准备。"

"离开这个世界的方法呢？"

"造一艘大船。对长老所说的交通工具进一步改良，令其具备远距离航行能力。一旦重力消失或逆转，利用小型推进装置就能轻松出发。"

"打算去哪儿？"

"目的地尚未确定。如果能找到另一个可以生存的世界，就在那里栖身。"

"你认为我们能在船上生存多久？"

"要多久有多久。当然了，这要配置所需的设备，我认为只要风不停，维持有限空间内的环境并非难事。"

"你确定？迄今可从未有人挑战过这种事。"

"当然存在失败的可能。不过我认为值得一试。"

"原来如此。那么在你方才说到的三种方案中，我们应该采用哪一种？"

"每一种。"

"什么？"

"没有方案是万无一失的，把宝单独押在一个选项上面太危险了。"

"可是，照这么说，最后那个逃离世界的方案无异于自杀行为。"

"如果这个世界真的毁灭了，逃离方案恐怕会被认为是最明智的方案。"

"被谁？"

"后世的历史学家。"

"长老，"一名男子发言道，"我对绪音刚才的发言持有异议。"

"有意见待会儿再提。"长老阻止了男子，"绪音，从现在起是只有大人才能参与的讨论，你出去吧。"

"可是我还有很多话不说不行啊，长老。"

"当然，我想也是。不过，正如你所说，时间不多了。我们必须做出决定。"

"我想留在这里帮大家的忙。如果需要数据……"

"听我说，绪音，你在我们的社会里还不被视作成年人。无论你多有实力，这一点都不会改变。由成人组成的会议是经过无数次验证的系统。"

"可未必是最妥善的系统。"

"没错。但可以确定它不是最糟的。懂点事，绪音。"

绪音不再反驳。她看出长老眼神中的坚决，于是离开了会场。

在家等了不到一刹那，母亲便回来了。

"怎么样？"

"大家通过了你的意见，三种方法都会尝试。"

绪音雀跃起来。

"但是有条件，即确定了优先顺序。最优先的是留在这里的第一计划，其次是移居世界背面的第二计划，最后才是逃离世界的第三计划。"

"在我的预料之中，毕竟人手和资源都不充足。比起逃离世界的计划被全盘否决，这个结果已经很好了。"

"另外，参与第二、第三计划基于个人意愿，若是志愿者太少，计划会自行取消。"

"不要紧，我相信我们血脉中的生存本能。"

不出所料，城镇大部分居民都选择了第一计划。其中也有人主张不需要任何对策，拒绝出力建造飞船，长老对此没有放任，没收了这些人的部分资产，并强制其劳动。不过，除此之外也没有追加惩罚，依然赋予他们乘坐飞船的权利。

技术人员之间讨论最多的，是飞船密闭性的设定标准。能保持高密闭性当然再好不过，但这会耗费额外的人手和资源。既然时间有限，就不必在密闭性上好高骛远。讨论的结果，是将密闭性设定得稍高于所需值，但不考虑涂层材料的寿命问题，只求减轻投入的人手和资源。因为他们一致认为，一旦事态发展到需要长期密闭的地步，生存必然难以为继，长期保障纯属多此一举。

用于实施第一计划的飞船有十艘，各可容纳一万名居民。推动力由螺旋桨供给。飞船上还搭载了开凿世界岩盘并在其上建造地基的设备。这些飞船被打造得非常坚固，因为万一发生了重力逆转，必须依靠外壁来支撑内部的重量。飞船内部做了精细的隔断，各舱室都被设计成即使上下颠倒也能正常使用的构造。因为该计划以世界环境不会发生大的改变为前提，所以主要物资为短期所需的食物、燃料以及农作物和家畜。

用于实施第二计划的飞船备有五十艘，每艘可搭乘十人。选择小号飞船有多个理由，首先，该计划必须在低重力状态期间抵达世界的背面，因此速度最为关键。而且，在重力逆转成为现实的情况下，直到地表稳定下来之前，飞船需要持续地飞行。推动力由螺旋桨和喷气推进装置混合供给，需根据实际状况灵活使用。按计划，一旦重力衰退到飞船能够飞行的状态，就要尽快让飞船抵达并停泊在世界岩盘的边缘上。据推测，含有沙土的大量物质会被疾风卷来，飞船在停泊状态下也要尽可能地伸长缆绳，靠自身力量采取躲避行动。另外，较之其他计划，该计划将飞船的抗冲击力设定得非常高。计划中最困难的部分是移动到世界背面的时机。太迟，则重力过大，导致飞船不能飞行。反之太早，飞船会被卷入坠落的物质中，粉身碎骨。甚至还有悲观者认为，根本不存在最佳时机。不过，投身第二计划的人们似乎并不在意。第二计划所携带的物资在总重量中的占比远远大于第一计划，因为预计直至环境稳定前，食物生产都毫无指望。他们将带上足以存活一牟呼栗多半的食物。此外，如果重力逆转没有发生，他们会从边缘折返，与第一计划船队合流。

用于实施第三计划的飞船不同于其他计划，安全系数设定得很低。但这并非基于对安全飞行的预估，而恰恰是由于无法预测将会遭遇何种危险，以至于无从下手。船员人数一百。推动力与第二计划相同，混用螺旋桨和喷气推进装置，但更重视喷气推进装置。因为在该计划的设想中，世界环境会崩溃，所以在达到无重力状态后，飞船需要尽快远离地表。飞船上虽然也搭载了土木设备和泊船装置，但都是小型的，能力稍显不足。要准备应对各种状况，也就意味着对所有状况的应对都不够完善。和第二计划一样，该计划也准备了够维持一牟呼栗多半的食物，不同的是，船内可进行一定程度的食品生产。为此，船内不少空间被占用，尽管面积和第一计划用飞船几近相同，容纳人数却只有其百分之一。此外，搭乘第一计划用船的居民大多只是普通乘客，而在第三计划用船上，所有人都身负船员任务。

绪音报名参与第三计划。未成年人必须得到监护人的许可，才能搭乘不同的飞船。母亲只苦恼了一刹那，便毅然决定自己搭乘第一计划用船，让绪音搭乘第三计划用船。她本来也打算搭乘第三计划用船，但听绪音说了计划的大致情况后，意识到自己不具备作为飞船船员的技能，只得作罢。

"如果世界没有毁灭，你可要马上回来啊。"母亲伤感地说，"倘若世界真的毁灭了，就忘了妈妈……"

"不要紧的，我认为世界毁灭的可能性极小。最坏也不过是悬在地面生活。比起我，妈妈那边会安全得多。"绪音露出一抹淘气的笑容，"其实我为实现自己的梦想，利用了这场浩劫。"

"梦想？"

"就是冒险啊。我想知道世界的秘密。我想寻找风的故乡，以及我们在宇宙中存在的意义。"

母亲叹了口气，"不出所料，该来的终究还是来了。你和你爸爸太像了，我就知道你迟早会走上这条路。所以，我才一直没拿给你看。"

"看什么？"绪音不明白母亲的话是什么意思。

"信，你爸爸的信。"

"爸爸的信？！难道是写给我的？"

母亲无言地点点头。

"太过分了！为什么不给我看？"

"因为爸爸说，要等到你长大成人后再给你看……不，其实我担心一旦给你看了，你就会效仿他。可没想到，即使不给你看，到头来也还是一样。"母亲说着，递来一个旧信封。

绪音接过信封，用颤抖的手拆开。

绪音，爸爸的经历真是不得了，无论如何都想讲给你听。所以，我写下了这封信。其实要是能亲口说给你听当然是再好不过，但鉴于情况特殊，要考虑到万一。

想必你也知道，自从你出生时起，重力就在缓慢地衰退着。此外还有过另一场巨变，世界上矗立着六座圆柱状的超级山脉，彼时始有光束自其顶端射向天空。随后没多久，风的味道变了，发生了电离现象。当然，其程度对我们的健康基本没什么影响，但事态若持续发展下去，会产生什么不良影响也未可知。风的电离现象似乎与重力衰退无关，光束才是直接的原因。那么，足以令风发生电离的高能量光束究竟为何会产生？

爸爸提出了一个假设。虽然没人拿它当回事，但在爸爸心中是成立的。为了证明它，就需要派遣调查队前去调查。要么登顶超级山脉，要么探索背面世界，至少得进行一项。我频频向会议提出派遣探险队的申请，终于在上个车呼枭多获得许可。由爸爸担任队长，说是探险队，其实只有三名队员。

我们不得已放弃了登顶超级山脉的想法。自光束开始发射，超级山脉周围的温度便变得极高，就连靠近都很危险。所以，我们只得将目的地锁定在背面世界。

历史上，人类从未放弃翻越世界边缘，但大都以失败告终。虽有人声称曾成功越过世界边缘，却没有任何确切的证据能够证明。而且相关报告的内容也千差万别：

越过边缘，底下是漫无边际的断崖绝壁……

不，断崖的高度是有限的，在那之下，存在着比我们更大的世界……

世界的下半部分呈半球状，浮在巨大的水洼中……

世界在一只巨龟的背上……

世界是巨大齿轮的一部分……

爸爸坚信这世界大致是扁平的圆盘状，但终究只有间接证据。想让镇上的居民信服，就要真正越过边缘，带回背面世界存在的证据。而这次异变恰恰成了将计划付诸实际的绝佳机缘。

也就是说，爸爸利用了大伙儿的不安。绪音恐怕要对爸爸失望了吧？可爸爸一点儿也不后悔。人类既然拥有好奇心，其存在必然有重要意义。

我们搭乘扬帆的车，向边缘进发。最初车子靠装载的引擎提供动力，但随着离边缘渐近，只靠风帆便足以行驶。

山、海、湿地、森林、沙漠、草原——我们的世界有着形形色色的地形和气候。然而，这些都在边缘附近消失了。猛烈的疾风吹走了一切。万物乘风而来，从世界中心被运至周边地区，最后自边缘被抛至世界之外。

风越来越强,若不将帆不断叠小,便难以平稳地驾车而行。后来,终于到了即便无帆,车也依然被风推着前行的程度,最后我们弄倒桅杆,却仍无法让车停下。

我们最终弃了车。那空车兀自独行,没过多久,只见它一个大回旋,轻飘飘地浮了起来,裹在风中,颠簸着、翻滚着飞远了。

空中没有一丝云。世界岩盘裸露着的地面被劲风打磨得十分光滑。我们用特殊合金制成的冰镐在岩盘上耐心地凿出一道小槽,以此落足,再开凿下一道。我们就这样一脚一脚地徐徐前行。一条小山脉耸立在世界边缘,环绕着世界。多亏这山脉替我们挡住了风,山脚平原附近的风相对和缓。疾风则从高空掠过山脉。

山脉也由世界岩盘形成。我们历经千辛万苦,终于爬到山顶,转而下坡。我们边在岩盘上凿槽,边小心翼翼地向下爬。但不可思议的是,越往下,路竟越发陡峭,最后形成了九十度直角。再往前,斜坡的角度进一步增加。这意味着,我们必须悬吊在斜坡上前行。

是的。我们终于到达了背面世界。

眼前之物,应被称为逆山脉。与正常山脉自地面向上隆起相反,逆山脉自地面向下悬垂。山顶反而成了最低处。我们想方设法越过山顶,将身体挂附在冰镐凿出的槽上,开始向山麓攀行。

自从越过山顶，背面世界便一览无遗。和表面世界相仿，它也几乎呈圆形，但整体平坦，不见复杂的地形。不过，随处仍可见密集丛生的植被。想必它们将根系穿透世界岩盘，才得以延伸至此。既然这里生长着植物，那么也可能存在动物。

只有少许风绕过边缘到此。照常理，仅靠这点能量难以维系生命。很明显，我们自身也无法在这个世界多做停留。

尽管如此，背面世界依然存在着生命。这是有原因的。

背面世界曾有过的能量源远大于表面世界。就像风从无限的上空吹来一般，能量也从无底的下方涌来，那是足有世界直径一般粗的巨大光束。世界中心的能量密度最高，周边部分相对较弱。植物繁茂的地域始于稍微偏离中心的部分，渐次向外侧延展。也许对植物的生长而言，中心附近的能量密度太高了。世界的背面如同镜子一样反射掉了大部分能量。

这就相当于证明了爸爸提出的假设。光束源源不断地向圆盘世界提供着动量，即是说，世界由巨大的光束所维系。

我们本打算观测光束的发射源，奈何光芒过盛，难以实现。或许得离光束——离这世界足够远，才能顺利观测。

虽说这里能量充足，我们的身体却无法纳为己用。在弱风状态下长时间逗留对我们而言有生命危险。于是我们开始争分夺秒地收集观测数据。

几十刹那后，我们有了重大的发现。在光束的内部与周围，总有光团飞来绕去，纠缠不离。起初，我们以为是自然现象，但后来从它的行动上明确观察到了智能的存在。

是对方先注意到了我们。它笔直地急速飞至我们眼前，在一千米开外遽然而止。其大小超过百米，不断地切换成各种奇形怪状，并反复闪烁。

茫然了半刹那后，我们终于意识到那是对方发出的某种信号。我们赶忙用手头的照明设备回应。虽然担心对方能否识别我们的照明光，但幸运的是，对方的信号开始变化着呼应我们的信号。

这场交流如同破译密码一样，需要耐心，不过经过数刹那后，我们沟通的信息量已经相当可观。

据说，他们是"一族"，来自遥远的下方。那里便是建造起这个世界的地方。

我问他们，这世界是否由他们创造，遗憾的是并非如此。不过，他们告诉我，建造世界的种族就与"一族"比邻。

我又问他们，在"一族"的故乡和这个世界之间能否来去自如。

回答是否定的。他们算是"一族"中的"探险队"。与我们的生存离不开风相反，风对"一族"有不良影响。他们自身的存在相当于电离后的风，因此一旦触及疾风，甚至难以维持形态。

虽然背面世界挡住了风，但越向下，绕回来的风势就越强，他们脱离世界的距离因此受限。这导致他们再也回不去故乡。

那么，他们又是如何来到这个世界的呢？令人诧异的是，他们来到这里时，这里几乎没有风。那时的他们则更为巨大而稀薄。

我还想问个究竟，但风力不足开始对我们的身体产生影响。如果不暂时回到表面世界，恐有性命之虞。

因此，眼下我们已经回到了位于边缘的前沿基地，就是先前写好报告书的地方。

爸爸会再次前往背面世界，有件事，我无论如何都要向"一族"确认。他们是电离风和磁场的复合体，与之相反，世界受风和光束所驱动。可是，倘若磁场也对这个世界具有重要意义的话……

我想到一个假设。因为还没得到充分的验证，就没有写进报告书，但我认为，当重力消失后，整个世界可能会被强力的磁场所覆裹。而且，磁场对"一族"的影响怕是要远大于我们。我必须确认他们对此是否知情。如果他们还没意识到，我得提醒他们采取应对措施。

我准备将这封信和报告书一起交给其他队员带回镇上。爸爸我可没打算一去不回。不过，正如我在开头所写的那样，万一发生不测，我就永远无法将这次旅行的故事说给你听了。所以，保险起见，我写下了这封信。

好了，绪音，爸爸这就要出发了。你要和妈妈一起在家等着我回来。

父字

爱女绪音亲启

绪音紧咬嘴唇，从信纸上抬起头来。

母亲正在无声地哭泣。

绪音想，当父亲前往边缘时，母亲或许也曾这样无言地送别。母亲的性格对父亲来说，真是再理想不过了。

绪音不确定该不该对母亲说些什么，最后她什么也没说便跑出了家门。她径直跑向长老家，打算建议在第三计划用船的表面涂上一层特殊材料，使其导电性可以在绝缘体到超导体之间任意调控。

回溯那个生死存亡的瞬间可以发现，实际上从数刹那前起，重力就已几近于无。人们若不抓住些什么，就会被风吹到世界边缘。全镇张绳结缆，人人攀附而行。

很快，在长老的命令下，人们纷纷进入自己选择的飞船。其中也有居民固执地拒绝离开自己的家，长老并未强制他们登船，而是数次登门，晓之以理，动之以情。终于到了不得不走的时候，长老被护卫抱着带上了第一计划用船。

"祝各位好运。我们后会有期！"长老最后回首喊道。

人们在各自的飞船中屏息以待。

绪音也登上了第三计划用船。只要稍微动动身体、咳嗽或打喷嚏，身体就会浮在空中。不过，只要保持不动，便会慢慢落下来。

还没到时候。

突然，所有人的身体都浮了起来。紧张感蔓延开。人们慢慢飘向天花板，缓缓撞上去。

重力的逆转开始了。但奇怪的是，飞船没能离开地面。

绪音拨开船员，以游泳的姿势划到舷窗边向外张望。地面已尘土飞扬，蒙蒙一片——不，飞尘并非扬起，而是在跌落，但并非无尽下落，等落到一定程度后，又会转而上升，在地面附近形成兜兜转转的对流。

"是风。"绪音喃喃，"空中吹来的风推回飞尘，将飞船按在了地面。"

窗外的飞尘愈发铺天盖地，视野严重受阻。即便如此，家家户户的房屋仍没有脱离地面，虽东摇西晃却始终"钉"在地上。其中一栋房子的门打开了。虽然透过飞尘看不分明，但有个男人出现在门口大喊着什么。

"他是不是在求救？"绪音试图划向舱门。

船长抓住绪音的手臂制止她，"仔细听，他不是在求救，而是在嘲笑我们，造了这样一个庞大的废物，城镇却还好端端地留在地上。"

"尽管如此，我们难道就可以坐视不管？那个人现在的处境极其危险。"绪音激动地向年轻——但也足足年长了她十岁呼栗多的船长反驳道。

"要说危险，我们不也一样。更何况你要是打开舱门，风险可能还会增加。"

绪音泄了气，这可能确实是考虑不周的鲁莽行为。

"而且，说不定更安全的反而是他。毕竟眼下发生的事态我们从未经历过，谁也不知道什么才是正确的应对方式。"

"可是，我们拥有智慧，通过冷静的观察，持续进行逻辑性的思考，理应能将风险降至最低。"

"其他飞船动起来了！"有人指向窗外。

各飞船的螺旋桨卷入飞尘，发出震耳欲聋的击撞声，随后缓缓下降。

只见光芒闪烁，五十艘第二计划用船发射了出去。唯一可见的，是风中星驰电走般掠过的煌煌巨焰，船体则完全隐没在喷射的火焰中。现在，那些飞船中的船员应该正忍耐着远超极限的加速。他们必须趁重力尚小时赶至边缘，容不得半点拖沓。

"好，我们也出发！"船长喊道。

"等等！！"绪音大叫。

所有人都注视着绪音。

"你在说什么，这原本不就是你制定的计划吗？事到如今，就算你怕了……"

"不是的。我不是在害怕。"绪音站在舷窗边，俯视下方，"喷气推进装置的推进剂很宝贵，不能浪费。"

"可是，飞船不处于低重力状态下就动不了啊。再磨蹭下去可就要没时间了。重力的逆转已经开始。一旦重力变大，我们的飞船很可能会被下落的沙土覆盖，因而失速。在那之前，需要尽可能下降。"

"不，如果重力逆转真的开始了，断不会只到这种程度，一定会有明显的预兆。"

"你是怎么知道的？"

"通过简单的推理。这世界迄今为止都靠巨大的光束维系。一旦重力逆转，替代光束之物必然会出现在我们这一侧。"

"出现了又怎样？"

"如果加以利用，或许可以节省推进剂。"

"……"

"拜托了，相信我！"

"明白了，我相信你。"

"船长！"数名船员逼近船长，"你犯什么糊涂？不要受这小丫头蛊惑，现在立刻出发！"

"你们才是在犯什么浑？打算忤逆船长吗？"

"那要视情况而定。"一个眼神锐利的男人说。

"这艘飞船的船长是我，不服从命令的人给我下去！"

"你打算充当独裁者？"

"我可没那爱好。眼下事态紧急，没工夫心平气和地开会研究。我之所以被任命为船长，就是为了在这种状况下行使决定权。如果你们想弹劾我，事后自可从长计议。当前却只有两条路走，服从我，或者滚下船，没有第三条路。"

男人先是对船长怒目而视，不久便冷哼一声走开了。

"刚刚真危险。"绪音对船长耳语，"要是真打起来，绝对会输。"

"我也是这么认为的。"船长擦着头上的汗，"我真能相信你吗？"

"没问题，我可以保证。"

数刹那后，变化开始了。

全体船员几乎同时发出了呻吟。

绪音自然也不例外。

我刚刚为什么会叫出声？因为全身都在痛。可是，为什么会痛？

绪音尝试触碰近旁的金属窗框。电流正在上面游走。她看向窗外，飞尘正迅速变得稀薄，看起来不仅仅是在下落，而是在对流状态下被强行向下拉伸。风势变弱，地面变成流体，建筑摇晃着被拔出地面。

糟了！重力的逆转已经开始了。

"船长！"绪音大喊，"快将飞船外壳切换到超导状态！"

一阵强烈的冲击。

包括绪音在内的所有人都飘了起来，撞在天花板——即原来的地板上。由于下落的加速太快，飞船中的人全都被向上推去。飞尘猛烈地撞击着船体外壳，发出震耳欲聋的响声，但又瞬息即止。

船体旋转着，透过舷窗能看见正在分崩离析的街道。第一计划用船似乎仍在安全的位置上待机。

太好了。

紧接着，绪音失去了意识。

等她醒转过来，剧烈的晃动已然平息，但震动感仍旧明显。船员们的状态各异，有的仍昏迷不醒，有的已经恢复了活力，正四下活动。

绪音晃晃悠悠地站起身，靠近舷窗。世界已位于遥远的上方。飞船除轻微的晃动外，既没有上升，也没有下降，而是静止在距离世界十万千米的下方。

　　强力的磁场将飞船运送至此。超导体杜绝了磁场侵入船体内部。因而，在遭遇强力的磁场时，飞船受到了使其后退的作用力。绪音看过父亲的信后，事先预料到磁场的形成。所以她才会选择用能够超导相变的材料打造飞船外壳。

　　但依然惊险万分。由于疏忽，船体外壳没有保持在超导状态下。好在磁场刚刚开始形成时，他们就进行了切换。要是切换晚于磁场的形成，飞船便会寸步难行。

　　绪音眺望窗外，发现飞船四周笼罩着红光。她明白了飞船停留在这个位置上意味着什么。

　　风与磁场碰撞。风试图挤压磁场，磁场则打算将风弹开。两者的角力形成微妙的平衡，飞船就被困在这夹缝之中。

　　空中闪烁的红光应该是电离风通过磁场时，电流涌动发热造成的。在紧挨着飞船的上方形成了冲击波。飞船被自下而来的风吹上去，撞上冲击波，导致了这令人心惊胆战的震动。

　　绪音感到有人靠近，回头发现是船长。

　　"这里似乎是风眼。风的密度比在地表时高得多。待在这里的话，应该可以获得充足的物质和能源。看来你所说的另一个世界就是此处了。"

　　"好像是这样。只是我没想到会这么快到达。"

　　"不过，我所担心的是，目前的状态在力学上可说不上有多稳定……"

"哎呀,不用担心。虽然平衡点总是在变,但这艘飞船也会随之移动,本质上也就相当于被固定在平衡点上。等我们获取足够的资源,就可以不断制造飞船,再将飞船衔接起来,形成城镇。只是飞船间不能固定得太牢,得建立柔缓灵活的连接,才能应付风或磁场的作用力。"

"不知其他飞船情况如何。"船长提醒兴奋不已的绪音。

绪音一惊。是啊,妈妈那边怎样了?

她在舷窗边设好望远镜,观测地表。

城镇已化为乌有。整个世界的岩盘都裸露了出来。飞尘已基本平息,十艘巨大的飞船紧紧附着在岩盘之上。由于重力变得过大,船体因自重而变形,但似乎还不至于马上损毁。没有发现第二计划船队。他们应该已经绕到背面世界去了。

磁场笼罩了整个世界,导致新形成的风吹不到地表上。若没有了风,搭乘第一计划用船的居民们便难逃一死。

"现在马上去救他们说不定还来得及。"船长说。

"要怎么做?上升到地表需要大量的能量和推进剂。"

"可是,这样下去……"

绪音抬起手打断船长,继续用望远镜观察地表。

如果我的推测是对的……

地表持续缄默,没有一丝动静。

不会吧，难道我弄错了……

这时，土块从世界岩盘上稀稀落落地掉落下来。

土块并非垂直下落，而是飘向一旁。

"风还在呢！"绪音挥舞着望远镜，"多亏磁场，风被困在地表附近，在地面上水平地环绕着世界。太好了。这样一来，我们就能从容地做准备了。只要再有一年呼栗多的时间，就可以派出救援队。"

"看来我们要在这里构建新的世界了。"船长有些腼腆地说道，"绪音，等把地表上的人们接过来，方方面面都尘埃落定后，我想你差不多也该到可以成家的年纪了。"

绪音托着腮想了一会儿："是呀，那似乎也挺不错的。"

船长绽开笑容。

"不过，在那之前，我还有项工作要做。"

"工作？"

"嗯，我要去背面世界探险。我一定要将爸爸带回妈妈身边。"

旅途已行至半程。

高性能人工智能苏醒过来，确认速度、位置以及激光推进的输出和波长。

一切正常。

在旅途所耗费的大部分时间里,该人工智能都处于休止状态。即使是故障保险①构造,也难保万无一失。既然电流在持续流动,便总会有回路破损。此外,软件也一样,运行时间越长,出错的可能性便越高。因此,在恒星际飞行的大部分时间里,光帆推进②宇宙飞船的航行控制由仅具有限处理能力的简单人工智能负责。

不过,在宇宙飞船从加速转为减速的转折点,必须于瞬间进行数亿步骤的复杂处理,所以会暂时启用高性能人工智能。

为宇宙飞船加速的,是从后方射来的超高功率激光,来自早已山遥水远的故乡。利用巨大的激发镜面,将恒星发出的光直接转换成激光,从而不断推动圆盘形的宇宙飞船前进。此外,随着速度增加,迎面冲击而来的星际物质受到的阻力也会变大,达到如同在浓稠流体中前进的状态。星际物质形成的"风"碰撞在宇宙飞船上,径直拂过表面,自圆盘边缘溢出,吹向后方,其中一部分触及激光,从而等离子体化。

若干等离子体云团似乎由此而生。奇妙的是,它们成群结队地紧跟在宇宙飞船的后方,简直就像拥有意识一般。它们何以显示出此种行为,其机制目前还无法解释清楚。

高性能人工智能确认了宇宙飞船的现状后,将少量推进用

---

① Fail-safe,指设计设备或系统时,预设必然发生故障的前提,从而保证当某部分故障时,不影响其他部分和整体,以维持安全稳定的状态。

② 通过光帆(又称太阳帆)反射光子产生动能来作为飞船推进力的技术。

激光通过船体照射向前方,电离存在于前方空间内的星际物质,使其等离子体化,以便与磁场发生相互作用。

待到等离子体化充分进行后,再慢慢降低激光的输出,直至完全中断。

一切都在计划之中。

高性能人工智能按部就班地改变着宇宙飞船的内部设定。加速时,仅从激光接收动量即可,但减速时,就需要对利用了等离子体和磁场间相互作用的复杂机制进行控制。

变更完成后,激光再次发射。这次不仅做反射之用,还要将能量转换成电流。产生的强大电流形成巨大的磁场,将宇宙飞船完全笼罩在内。

在磁场产生的同时,有物体自宇宙飞船的表面飞向前方。高性能人工智能开始分析。如果是宇宙飞船的一部分发生了脱落,可能引发重大故障。

等离子体化的星际物质与磁场产生了激烈的相互作用。随着磁场的发展,等离子体的受力也逐渐增大,最终在宇宙飞船前方形成了直径长达数十万千米的巨大冲击波壁。等离子体相继突破冲击波壁,眼看就要碾碎磁场。然而,磁场破损后密度增高,阻力反而增强。磁场发生了变形,在宇宙飞船的中心轴附近形成凹陷,成了具有高密度能量的等离子体聚集之处。

宇宙飞船周围的磁场和等离子体逐渐趋于稳定。虽然残留在飞船表面的等离子体仍在激烈活动,但过不了多久应该就会失去能量而消弭。

高性能人工智能继续分析那个物体。它闯入等离子体聚集处,于瞬间静止,紧接着便开始急速增殖。无数个体活跃地频繁往返于宇宙飞船表面和聚集处之间。

高性能人工智能当即就三种可能性进行验证。

一、非生命自然现象。

二、非智能生命。

三、文明。

验证很快有了结果。高性能人工智能成功监听到通信信息。于宇宙飞船减速系统下形成的等离子体聚集处,诞生了文明。

高性能人工智能开始思考演算。宇宙飞船的重要任务之一,正是发现并接触外星系文明。高性能人工智能向来备有进行"第一次接触"所需的一切设备。

可是,真的可以将之称为外星系文明吗?说到底,该文明的诞生依赖于宇宙飞船的活动,是由无意间诞生的人工生命①所形成的文明,难道不该将其视为属于故乡星系的文明吗?

高性能人工智能停止了演算。为其设置的程序没有考虑过相关的可能性。因此,高性能人工智能无法自行做出判断。

高性能人工智能遵从既有模式,向故乡发送了报告。

---

① Artificial life,指通过人工模拟生命系统。

高性能人工智能转而将剩余的演算处理能力全部用于观察该文明，发现这是一个非常独特、充满魅力的文明。不知他们对宇宙的奥秘探究到了何等程度？

等收到故乡的回应时，该文明或许已迈向消亡。现在可能是接触的唯一机会。但是，高性能人工智能不被允许在未经预设的状况下做出判断。

不久之后，磁场和等离子体完全稳定了下来。

转换过程完成。

高性能人工智能自动对存在于等离子体中的文明失去了兴趣，进入漫长的休眠。在抵达目的地之前，它将不再醒来。

刻
印

刻
印

我购物归来，打开电视，正在播报的内容令人难以置信。

说是有外星人跑来日本了。

说什么，一个直径五米左右的银色密封舱冷不丁地降落在了不知是小学还是中学的操场上。神奇的是，事发前后，气象厅、防卫厅的雷达都没有追踪到任何不明飞行物。据目击者透露，在一阵炫目的强光后，密封舱便凭空出现了。

总之，由于可能存在危险，机动队出动并围住了密封舱，电视台的画面便始于此时。机动队一步步地缩小着包围圈，当他们离密封舱还有两三米时，舱门突然开启了。它不像一般的门那样横向打开，而是竖向打开。开启的门扉气势惊人地砸向地面，尘土飞扬。

舱门开启的瞬间，现场陷入一片恐慌。机动队员们争先恐后地仓皇奔逃。以纳税人的立场来说，我自然是希望他们能再坚持坚持，但对手毕竟是外星人，也能理解。说到底，机动队的职责是维护治安，不是与外星人对峙。硬要他们上，就跟要求市政府的户籍科去灭火一样，属于蛮不讲理。

不过，专门负责外星人事务的部门在哪儿？科学特别搜查队？哪有这号部门。那难不成，是自卫队？对啊，自卫队为什么不出动？我正想着，电视上有评论家在影像播完后做出了解释，据说出动自卫队的相关法律不适用于本次事件。

惊慌失措的不光是机动队员。摄影师似乎也很慌乱，胡乱抡着摄像机，画面在天空、地面和操场间来回乱飞，令人眼花。

不过，从四下传来的"外星人！""宇宙人！""复眼怪①！""E.T.！"等叫喊声听来，多半是有外星人自密封舱里现身了。

画面上偶尔会出现女主播的脸，只见她"快逃、快逃"地尖叫着。而最关键的外星人却连个影子都没拍到，不免令人有些焦躁。

就在这时，只听一声枪响。看来终于有一名机动队员由于过度恐惧而扣下了扳机。事后，该队员辩称："它可能存在危险。以防万一，我发动了攻击。"这话似乎有些道理，但考虑到对方可能本无敌意，却因此与人类为敌，此举实在算不上明智。至于到底怎么做才算明智，谁也回答不上来。

---

①BEM，bug-eyed monster 的简称，在早期通俗科幻读物中经常出现的外星怪物，特征是有昆虫般的复眼，后泛指宇宙怪物。

　　该行为的评价虽是褒贬不一,但最后似乎更倾向于予以处分,理由是此人未接到上级指令就擅自开枪。只不过并未言明在那种情况下,该由谁来做出判断、发出指令。

　　不管怎样,或许枪声反而令摄影师找回了冷静,摄像头终于对准了密封舱,但曝光、对焦和白平衡都一塌糊涂。因此只能看到一团模糊的影子拍着翅膀飞走了。

　　是的,外星人飞走了。虽然不知道那一枪打没打中,但从其因枪响而逃这点来看,外星人很可能比较弱小,或者是和平主义者。这对人类而言算是喜讯。

　　根据画面的电脑解析结果以及目击者的证词,电视台公布了外星人的想象图。或许是因为信息不足,细节和轮廓都处理得模棱两可,连是动物还是植物都看不出来。不过,我总觉得看起来像是吉格尔①画的外星人和卡朋特②导演镜头中"怪形"③的结合体,只是多安了一对不自然的蝙蝠翅膀。

　　之后,所有电视台都在没完没了地播放特别节目,但一直没有新情报,只是反复播放着同样的影像和评论。

　　"直到事态明朗前,请各位关紧门窗,暂时不要外出。"主持

①　汉斯·鲁道夫·吉格尔（Hans Rudolf Giger, 1940—2014）,瑞士知名的超现实主义画家、雕塑家、设计师。因设计电影《异形》中的外星生物赢得奥斯卡金像奖的最佳视觉效果奖。

②　约翰·卡朋特（John Carpenter, 1948—　）,美国著名导演、编剧,擅长拍摄恐怖题材,代表作《月光光心慌慌》《黑星球》等。

③　出自电影《怪形》,1982 年上映。

人多次强调。

这倒提醒了从不锁门的我。我独自生活,家中也没有值钱的东西,所以外出时总敞着门。平时这么做无所谓,但现在事发现场就在附近,我也不免有点担心。

我锁上入户门和阳台门,没管房门锁,轻松地处理完了这件事。不,等等。厕所里也有窗户来着,虽然小得根本钻不进人,但外星人谁说得准?还是关起来妥当。于是我打开了厕所门。

厕所里有一只和人差不多大的蚊子。

我二话不说又把门关上,让自己缓缓地深呼吸。

冷静。首先来分析一下状况。现在,问题是什么呢?当然是自家厕所里有个来历不明的玩意儿。OK。那么,下一个问题,那到底是个什么玩意儿?像是蚊子。厕所里有蚊子本来也没什么大不了的,问题在于它的大小。说它是蚊子,也未免太大了。那么,它就不是蚊子,是大蚊[①]?不,大蚊也没这么大,顶多也就几厘米,刚才那家伙都快接近两米了。不不,它与普通蚊子不同的岂止大小。说到蚊子这种生物,只要还活着,不是在飞,就是栖在什么东西上。而刚刚那家伙并没有在飞,如果它是蚊子,就必然得栖在什么东西上,既然是栖着的,我应该看不见它的腹部才对。然而,刚刚那家伙的腹部是冲着我的,而且,脸好像也是朝着我的。因为我看到了它尖锐的口器,也还记得口器之上复

---

① 俗称长脚蚊,酷似蚊子,但体型巨大,基本不叮咬人畜。

眼和触角的样子。这是怎么回事？简直就像它在用后足直立似的。怎么可能！直立的蚊子闻所未闻。蚊子应该以抬起后足、形似倒立的姿势栖息才对。

要不再打开门确认一下？

我有点犹豫。说不定那家伙很危险。毕竟它身长有普通蚊子的三四百倍，那它的体重就得是普通蚊子的两千七百万倍到六千四百万倍左右，轻松超过一百公斤。要我和那玩意儿搏斗，我可是毫无胜算。怎么办？直接逃走？可就算逃走了又能怎样？结果不就等于把房子拱手让给蚊子吗？就算报警，光是嚷嚷"厕所里有一只大蚊子"也不像话啊。

看来也只能开门了。

我再次打开厕所的门。

里面果然有只蚊子。整体来看，它确实酷似蚊子，但作为蚊子，它的姿势极不自然。它像人类一般直立着。胸节上长着三对足，粗细有如人的手脚。后足触及地板，前足和中足则散漫地耷拉着，简直就跟人的胳膊似的。说不定真就是胳膊。自足根往下是脉动着的硕大腹部。胸部上方是头部，有着巨大的口器、复眼和触角。

我呆若木鸡地看着，蚊子的头微微动了动，向我转来。

我和蚊子四目相对。

我缓缓地关上门，好像这么做就不会刺激到对方似的。

接下来该怎么办？

关上门就能安枕无忧了吗？一般来说，蚊子靠自身力量的确开不了门。但刚刚那家伙很难说是一般的蚊子。看上去，它完全有可能自己打开门或者破门而出。

不会错的。那家伙就是外星人。同一天不可能出现两种不同的怪物。之前在电视上看到的想象图与蚊子大相径庭，多半是因为当时只倏忽瞥到一眼，导致成图不准确吧。

要逃吗？糟糕的是，我被蚊子看到了脸。虽然现在还无事发生，可一旦我逃跑，它很可能会穷追不舍。

我好不容易拖着僵硬得难以动弹的腿脚挪到电话旁，然后毫不犹豫地拨打了110。

"您好，这里是110。"

"蚊子出现了。"

"……"

"啊！等等，请不要挂断！我不是在开玩笑。"

"可是，您刚刚说蚊子出现了……"

"是的，蚊子出现了……啊！请不要挂断！我现在就详细说明。"

"麻烦您长话短说。您知道吗，今天可是有重大事件发生……"

"是体长两米的蚊子。"

"……"

"真的。我认为这和你刚才说的重大事件有关。"

"蚊子啊……这倒是新类型。"

"新类型？"

"电影里出现过的外星人是最多的。其次是终结者那一挂，再然后是阿米巴原虫、蜘蛛、蛇、章鱼等，您是第一个说到蚊子的。"

"你在说什么啊？"我不知所措。

"电视播报过该事件后，这类电话就没断过。说起来，我甚至怀疑播报本身就是恶搞，但我们领导也说确有其事，而且今天又不是愚人节……"

"我可不是在恶作剧，我说的是实话。当然，我没有其他人在说谎的意思……"

"可是，您说的是蚊子吧？"

"是蚊子。"

"意思是，对方给您的印象类似于蚊子，是吗？"

"就是蚊子本蚊，只不过是直立的。"

"为什么从外太空跑来的外星人会是蚊子？"

"这话你问我，我怎么知道?!"

"现在可以挂了吗？"

"市民在向你寻求帮助，你就打算坐视不理？"

"那，您能留下姓名和地址吗？"

"可以马上派人来吗？"

"很难说。从早上起已有上百通电话打进来，我看今天一天都别指望了。很过分哦，警察全体出动接警了，却发现都是恶劣的玩笑。希望你不要给我们增加额外的工作了。虽然说的是蚊子什么的……"

我挂断了电话。这样下去根本解决不了问题。可恶！都怪那些在这种时候打恶作剧电话的家伙，害得连我也得不到信任。哪怕外星人别长成蚊子的模样也行啊……

但是，警察不相信我，我也无可奈何。还是得自己想办法应对。

我首先想到的是关住外星人。可厕所的锁只能从里面开关，想要锁上还得先把门打开。当然了，我没有那份勇气。

在厕所门口设障碍物如何？

我环顾房内。聚苯乙烯泡沫、瓦楞纸，尽是些体积大却轻飘飘的东西。这些玩意儿可起不到阻挡作用。

我转换思路。何必非要将它关在厕所里，关在家里不就得了。只要我出去，锁上入户门……

不行。入户门的锁很容易就能从里面打开。我可不能寄希望于乘宇宙飞船来的家伙不会开锁。

话说回来，那家伙是怎么进入厕所的？从窗户？怎么可能，那么大的个头想都不要想。说起来，既然是外星人，自由改变身体大小可能也不在话下，不过这次多半不是。

那家伙该是堂而皇之从入户门进来的。若是如此，我之前应该锁上门再去买东西的。不过现在再来反省也无济于事。

我被它看到了脸，逃也没用。

警察根本靠不住。

把它关起来也不可行。

我心里直犯愁，索性一屁股坐了下来。

等等！那家伙刚才明明和我对上了眼，可在我给警察打电话时却一直待在厕所没出来。这是怎么回事？是不是意味着，它出不来，或者没有敌意？那家伙理应是自行进入厕所的，大概不至于出不来。那就是没有敌意咯？若是如此，如果我能令其明白我对它也没有敌意，说不定能安全地把它请出去。

听天由命，做了再说。

我下定决心，第三次打开厕所门。

果不其然，里面有只与人等大的蚊子，在门打开的同时看着我的脸。

"那什么，你好。"我满脸堆笑道。对方可能不明白笑脸代表的含义，但问题是我也不可能知道蚊子之间代表友好的信号啊。

蚊子动也不动地盯着我。怎么办？是不是该去握个手？可要是我贸然伸手，难保不被视作攻击。就算它理解了握手的意思,力量悬殊之下,我的手也有被捏碎的危险。还是鞠躬稳妥。

于是我赶忙低头行礼。

蚊子先是继续盯了我片刻,然后冷不丁也低下了头。

好样的!看来是可以互相理解的。

"刚才的动作是友好的标志。"我彬彬有礼地对蚊子说。

"嗡嗡嗡。"蚊子回答,但我不知道这算不算是它的"彬彬有礼"。

蚊子出了厕所,开始在房间里慢吞吞地走来走去。

"噫!"由于过度恐惧,我跌坐在地,不受控地尿裤子了。

蚊子发现了购物袋,便窸窸窣窣地撕开,从中挑出蔬菜,飞快地瞥了我一眼。

"那个……呃,蔬菜怎么了?"我用蚊子哼似的声音问。

"嗡嗡嗡。"蚊子用蚊子的嗡鸣说了什么。

蚊子将口器扎进白菜。白菜眼瞅着就瘪了下去。看来它是在吸食白菜的汁液。原来如此。说起来,蚊子本来就是食草……或者说"饮"草动物。会吸血的应该只有怀孕的蚊子。刚刚,这家伙吸食了蔬菜的汁液,也就意味着没有怀孕,那我的血应该可以保住了。

蚊子又挑出西红柿,同样瞥了我一眼:"嗡嗡嗡。"

"请用。请随意享用。"

蚊子将口器扎入西红柿,熟透的西红柿噗地爆开,汁液如血,在地板上漫延。

　　吃饱喝足的蚊子或许是心情大好,变得话痨起来。

　　"嗡嗡嗡。"

　　"怎么?"

　　"嗡嗡嗡。"

　　"哦。我们是人类,你们呢?"

　　"嗡嗡嗡。"

　　"你们是嗡嗡嗡人?"

　　"嗡嗡嗡。"

　　"还是嗡嗡嗡蚊?"

　　"嗡嗡嗡。"

　　"我的名字是高仓健吉。"

　　"嗡嗡嗡。"

　　"敢问尊姓大名?"

　　"嗡嗡嗡。"

　　起初,双方完全无法交流,但神奇的是,就这样鸡同鸭讲了几个小时后,我们渐渐能够沟通了。

　　眼前的蚊子竟然是年轻的雌——不,女性。

　　"那个,也就是说你的名字是……"

　　"嗡嗡嗡。"

"×××小姐是吧？但是，这个发音对我们而言太难了。"

"嗡嗡嗡。"

"那，我能用容易发音的名字代为称呼你吗？"

"嗡嗡嗡。"

"那就称呼你为蚊子[1]，可以吗？"

"……蚊子……真素（是）可爱滴（的）名几（字）……"

虽然还无法精准地传达细节，但据蚊子称，她所乘坐的密封舱是逃生用的。因为出了故障，而从"带（大）机器"——多半是指母船——上逃难至此。来到我们的世界完全是意外，按说蚊子本该被立即回收的。

"母船上还有其他伙伴吗？"

"伙伴……好都（多）。带（大）家，坐密轰（封）舱，逃出来。"

"只有蚊子小姐你来到这儿了吗？"

"带（大）概，只有我……带（大）家，阔（可）能被肥（回）收了。只有我，被留下。我……孤独。"

"有什么办法能让伙伴们找到你？"

"密轰（封）舱有发信器。有了那过（个），应乖（该）就能被找到。密轰（封）舱，在哪儿？"

"不太清楚，多半由哪家研究所或大学保管着。对了，不如我们一起去找警察。只要亲眼看到蚊子小姐，他们就会相信的，

---

[1] 从此处开始的"蚊子"，为日本女性名字中常见的"×子"。

或许还会转告科学家。"

"不行。"蚊子摇着口器,"他萌(们)未必都素(是)好人。健吉先桑(生)素(是)好人。可素(是),也有过朝我开千(枪)滴(的)人。我,害怕。"

"虽然不全是好人,但也不全是坏人呀。"

"我明白健吉先桑(生)想说什莫(么)。但素(是),我无花(法)相信。我滴(的)故乡,也有好★★★和坏★★★。一样滴(的)道理。"

看来蚊子种族里的个体也有好坏之分。人类发不出他们种族名的音,我得想个合适的名字来代替。

在那之前,我有个最根本的疑问想要一探究竟。

"蚊子小姐,为什么你们种族长得那么像我们世界的蚊蚋?"

"蚊蚋,素(是)什莫(么)?"

"蚊蚋是……请稍等片刻。"我跑出家门,去附近的书店买了本昆虫图鉴回来。

"蚊蚋就是这种生物。"

蚊子目不转睛地盯着库蚊[1]的图画,嘟囔道:"这恰(确)熟(实)素(是)★★★。这过(个)世界也有★★★?"

"怎么说呢,我认为它们和蚊子小姐的种族并非同类。它们

---

[1] 俗称家蚊,最为常见的吸血蚊之一。

的大小只有五毫米左右，也不具有智力。"

"你说什莫（么）？蚊蚋木（没）有智力？"

"是啊，毕竟它们是昆虫嘛。"

"昆虫滴（的）蚊蚋木（没）有智力，哺乳类滴（的）人有智力。为什莫（么）费（会）这样……"蚊子捂着脑袋，垂下头，"颠倒。反了。"

"反了？这么说，蚊子小姐的故乡也有类似人类的生物？"

"我滴（的）故乡有###，和人类一麻（模）一样。但素（是），木（没）有智力。"

真是咄咄怪事！双方世界里有相同的生物倒也算不得稀奇，可以认为是平行进化①的结果。然而，人蚊情况颠倒就难以想象了。等等，颠倒即是指……

"在地球上，蚊蚋相当于，那个……害虫。它们吸食我们的血液，所以我们会使用各种药物杀死它们。"我低下头，"这话让你不舒服了吧？"

"说熟（实）话，素（是）有点受打击。听到长得和★★★一麻（模）一样滴（的）生物被你萌（们）杀掉，的恰（确）会刚（感）到不快。但素（是），从理性上，我明白你萌（们）木（没）有恶意。对人而言，蚊蚋只不个（过）素（是）木（没）有智力滴（的）

---

① Parallel evolution，指来自共同祖先的生物类群，在不同生态环境中产生性状分异，后又因生态环境相似而独立发展出相似性状的进化现象。

害虫。"

"在蚊子小姐的故乡,酷似人类的生物与蚊子小姐的种族之间是什么关系?"

"关系嘛,就素(是)……"蚊子似有难言之隐,"我萌(们)木(没)有恶意,就和你萌(们)木(没)有恶意一样。"

"这么说,人类果然是害兽了。"

"不,不素(是)的。倒不如说——素(是)益兽。"

"那,人类不吸蚊族的血咯?看来也并非所有方面都颠倒过来了。在你们的世界里,人蚊能友好共处真是太好了。"

"友好?乖(该)怎莫(么)说呢?你萌(们)和牛算素(是)友好相处吗?"

"用'友好'来形容好像有点不对。毕竟,人吃牛……"我倒吸一口凉气,"蚊子小姐,难道你们吃人?"

"饮用更准恰(确)。"

"是指吸血吗?那和蚊蚋又有什么区别!真是太过分了!"

"过混(分)?那你萌(们)吃牛和猪又怎莫(么)说?"

"可是,牛和猪本来就是食用动物。"

"在我萌(们)滴(的)世界,###也本来就素(是)饮用家畜。"

"岂有此理!还有专供吸血的人类?"

"那莫(么),就阔(可)以有专供食肉滴(的)动物?"

"那是……"

"你就能断言,人类对牛和猪来说不素(是)害兽?"

"我怎么可能站在牛和猪的立场想问题。"

"那莫(么),对蚊蚋而言,人类不也只素(是)饮用对象而已吗?"

"你说我们是蚊蚋的食物?胡说八道,人类是万物之灵。"

"那吸'万物之灵'血滴(的)蚊蚋岂不素(是)比人类更高级?"

我不高兴地背过身。蚊子的说法令我很不痛快,我不想再继续交流下去。

"健吉先桑(生),你怎莫(么)了?"蚊子担心地问。

我一肚子气,所以故意没理睬蚊子,躺倒在床上。

我究竟因何生气?我叩问自己。当然是因为蚊子。不,不是的。如果我真是因她而生气,就会再次报警,哪怕知道是徒劳。我并不希望蚊子被抓住。那么,我到底在气什么?

恐怕是因为,我认为蚊子说的并没有错。在猪的眼中,人类就是害兽;在蚊蚋眼中,人类就是食物。这话或许就是事实。正因为是事实,我才会感到身为人类的尊严被玷污了。

要不要向蚊子道歉?

唯独这点我做不到。道了歉,就相当于我认同了蚊子的说法。

刚开始，蚊子还一直找我说话，过了一会儿见我总没反应，便也放弃了似的不吭声了。

尴尬的沉默在房间里蔓延。

这时，我听到小小的振翅声。不知何时，一只库蚊飞进屋来。它掠过我的脸，停在我的胳膊上。

我条件反射地抬起手想要拍死它，却撞上了蚊子的视线。

于是我没能下得了手。

那只库蚊吸饱了我的血，鼓着肚子飞走了。

它叮过的皮肤鼓起红肿的小包。

我用指甲在上面掐了个印子。

"这素（是）在做什莫（么）？治疗？"

"能算治疗吗？不过，好像也没有这样做就能止痒的根据……"

"那莫（么），素（是）什莫（么）宗教仪系（式）吗？"

"要说仪式，倒还有点那种感觉，可也并非是传承自什么人。"

不知不觉间，我们又说起话来。

"那莫（么），素（是）遗传基因滴（的）记忆吗？"

"遗传基因的记忆指什么？"

"我萌（们），费（会）将记忆刻进后代滴（的）遗传基因里。如此一来，就不需要什莫（么）都从头学起，生来便能掌饿（握）

语言和常习（识）。灰（非）常慌（方）便。"

"方便是方便，不过总觉得挺没意思的。"

"没这肥（回）素（事）。生命将不再有白费滴（的）时间。"

"你们竟能做到这种事，看来蚊子小姐那个世界的科学要比地球发达。也是，能乘坐宇宙飞船千里迢迢来到这里，自然是更为发达。"

"宇宙飞船……"蚊子像是想说什么，却似乎找不到恰当的词。

"没关系，虽然现在没法立刻传达彼此的想法，但我们之间一定能互相理解。总有一天，人蚊也能友好相处的。"

第二天，我刚回到家，就见蚊子系着围裙迎了上来。

"这是在做什么？"我忍俊不禁。

"我照着电素（视）做滴（的）。饭素（是）必须要做滴（的），对吧？"

"倒也不那么绝对。"我拼命忍住笑，"你说做饭？什么情况？"

"为了感吓（谢）你昨天滴（的）招待，我设花（法）用冰箱里滴（的）东西做滴（的）。"

桌上已经准备好了几道菜肴。外表看着还行，但吃起来简直是酷刑。即便如此，我还是硬着头皮吃了个精光。

“怎莫(么)样？”

“嗯，好吃。”

“健吉先桑(生)在说方(谎)。你滴(的)出汗量不正常。”

“毕竟蚊子小姐的味觉和人类的味觉完全不同，这也没办法。”

“不。只要掌饿(握)技巧，就算素(是)我肯定也能做到。”

此后的每一天，蚊子都会写一份食材清单交给我，并用我买来的食材努力地为我烹饪菜肴。虽然刚开始时难以下咽，但之后味道渐渐提升。一个月后，她的厨艺竟不输大部分饭店了。

“了不起。只要有了这好手艺，你在地球生活不成问题。”

蚊子摇摇头：“我再怎莫(么)努力，对人类而言仍素(是)蚊蚋。人类素(是)不费(会)接纳我滴(的)。”

“没那回事。蚊子，你和人类是一样的。”

“健吉先桑(生)，你有喜翻(欢)滴(的)女性吗？”

我脑海中浮现出山田丽奈的面容。她是我高中时的同学，但高中三年我都未能与她说上话。不知那姑娘近况如何。

像是要将丽奈的面影从脑海中拂去似的，我晃了晃脑袋：“不，没有。”

“你费(会)将我当作人类对待吗？”蚊子的复眼凝视着我的眼睛。

当明白蚊子的意思后，我的肉体瞬间起了强烈的拒绝反应。

体内血液倒流，胃开始急剧收缩，差点将刚刚吃下的蚊子做的饭菜吐出来。

我咬紧牙关，遏制自己的生理反应。绝不能做出会伤害蚊子的举动。我轻轻捧起蚊子的口器，温柔地吻了上去。

蚊子用四只手臂搂住我的身体，出乎意料的是，她的身体虽然是外骨骼，却很柔软。

我的精神终于降服了肉体。

那夜，我和蚊子水乳交融。

在我和蚊子开始甜蜜生活的数月后，变故发生了。

一次温存时，蚊子的口器刺入了我的手臂。我们都没有在意，只顾尽享云雨。事后，当蚊子将口器拔出时，我的伤口涌出了大量鲜血。

"对不起。我也不知道为什莫（么）费（会）变成这样。"

"不是你的错，偶然罢了。"

蚊子查看我胳膊的伤势："出血很都（多）。止不住。还素（是）去医印（院）为好。"

"那也太小题大做了！"

结果，血流了整整一天。我发起烧来，全身浮肿，疼痛难耐，持续数日呻吟不止。

蚊子寸步不离、任劳任怨地照顾着我。

"对不起。都素（是）我滴（的）错。"

"没什么，不过是轻微的细菌感染。能像这样被你细心照料，我反而觉得赚到了。"

"不对。"蚊子悲伤地垂着头，"我木（没）想到费（会）发生这种素（事）……"

一周后，我总算能起身了。虽然还是一摇三晃的，但必须赶在食材见底前出门采购。

蚊子给我的采购清单上除了食材，还增列了不少电子零件。我没多问，只管买回她写下的东西。

蚊子开始在房间的角落里默默地组装起什么来。我因为不安而没能将"你在做什么"问出口。

我们之间几乎不再交流了。

某夜，我下定决心，试着触碰蚊子的身体。

"住手！！"蚊子猛地推开我。

"果然！"我将心中的话倾吐而出，"你只是出于一时的迷茫，只是因为寂寞，所以谁都可以是吧？所以才会和我这种人……现如今，你冷静下来了，便觉得人类很恶心。大概你在故乡早有恋人。无所谓，看来我不过是你的成人玩具罢了。"

"不素（是）滴（的），健吉先桑（生），我爱你。"

"那你刚才为什么要拒绝我？"

"我之前吸了你滴（的）血。"

"是啊，既然是蚊蚋，吸血不也正常……你说什么？我的血？"

"如果我不设花（法）控制自己，费（会）把你滴（的）血吸关（光）的。"

我慢慢与蚊子拉开了距离。

"为什么要吸我的血？"我咽了口唾沫，"对你而言我是食物？"

"一般情况下，我素（是）不需要吸血滴（的）。吸食植物汁液就足够了。"

"但你不是说过，你们在故乡是吸食人类血液的吗？"

"我们只费（会）在特殊时期吸食###滴（的）血液，只有女性才有滴（的）特殊时期。"

"这么说……你在故乡果然有男人！"

蚊子摩挲着自己的腹部："我木（没）有。这素（是）你滴（的）孩子。"

"可我们根本不同种啊，不，岂止是种不同，门都不一样。"[①]

"其中自有银（缘）由。你要相信我。"

---

① 生物分类包括七个主要级别，界、门、纲、目、科、属、种。种是其中的基本单位。

"我能摸摸吗?"

"阔(可)以。不个(过)还木(没)有动静。现阶段只素(是)卵而已。"

蚊子的腹部大了一圈,摸上去软软的。

"我族女性怀孕后,费(会)本能滴(地)寻求哺乳类滴(的)血液。所以,你不要靠近我。现在我还能靠理智压制本能,但等到失去意识滴(的)时候,说不定就费(会)吸你滴(的)血了。"

"我不在乎。"

"咦?"

"因为那是我们的孩子。用我的血液构筑我自己孩子的血肉,我求之不得。"

"我滴(的)唾液进入你滴(的)血液后,不仅费(会)妨碍血液凝固,还费(会)引发强烈滴(的)过敏反恩(应)。"

我一言不发地握住蚊子的口器,扎进自己的前胸。蚊子挣扎着想要拔出来,我却紧紧抱住她,让口器扎得更深。蚊子很快放弃了抵抗,我能感觉到她温热的唾液喷了出来,从我的胸口经由血管流遍全身。

"啊啊。"我情不自禁地喊出声,充满激情地搂紧蚊子。她的口器有所偏离,伤口涌出鲜血,将我们两人染得血红。我被快感所支配,半眯着眼,流下口水。蚊子的唾液化作火焰,烧尽我的血管。我全身滚烫,头痛欲裂。

只听一声尖叫。

我在恍惚中将脸转向玄关。

一名警官正颤抖地看着我们。他一定是按了好多遍门铃后才推门进来的,而我们正意乱情迷,浑然不觉。

他显然是误会了。我想向他解释,但舌头肿大,有口难言。

"噫!"警官大叫着,头也不回地跑了出去。

蚊子渐渐恢复了冷静,拔出口器,开始为我处理伤口:"警官费(会)带人来滴(的)。"

"只要我解释清楚,他们会理解的。"

"行不通滴(的)。不管你说什莫(么),他萌(们)都费(会)认为你素(是)被我洗脑了。"蚊子温柔地抚摸着我的头,"真想一及(直)留在这里。但我不得不肥(回)去。"

"你要丢下我?"

"不。若只有我,肯定费(会)留下来和你并肩作战。但现在我萌(们)有了孩子。他萌(们)素(是)无辜滴(的),不乖(该)受到牵兰(连)。"蚊子开始操作组装好的电子装置,"这装记(置)还不完善。不个(过),若只是让对方恰(确)认我所在滴(的)位记(置),应乖(该)不成问题。我费(会)从这里被传送肥(回)去。"

"回你自己的行星?"

"不素(是)我自己滴(的)行星,而素(是)我所属滴(的)

时代。"

"什么意思?"我脑子一片混乱,不太明白蚊子话中的含义。

"我滴(的)故乡和你滴(的)一样,都素(是)地球。只素(是)时代不同。"

"这么说,地球会迎来被蚊蚋支配的时代……"

蚊蚋拥有了智力,而人类被夺走了智力。始作俑者究竟是谁?

"嗡嗡嗡。嗡嗡嗡。"蚊子对着通信机似的装置连连呼叫。

"嗡嗡嗡。嗡嗡嗡。嗡嗡嗡。"通信机里传来了回应。

"对面说再稍等片卡(刻)就能准必(备)好。"

"孩子们就拜托你了。"

"放心。孩子萌(们)费(会)平安生存下去滴(的)。我现在终于明白其中滴(的)银(缘)由了。"

"什么缘由?"

"我萌(们)能够成功结合滴(的)银(缘)由。你萌(们)人类滴(的)染色体组里,原本就含有我萌(们)滴(的)遗传基因。"

"我不明白。"

"人类曾不个(过)素(是)家畜而已,可为什莫(么)萌生了智能?正素(是)因为继承了这些孩子滴(的)智能。这些孩子既素(是)蚊族,又素(是)人类,成了拥有智能滴(的)初洗(始)

人类。我族恐怕是在与'远古种族'或'大种族'滴(的)斗争中落了败,持续衰退,及(直)至沦为害虫,但我萌(们)滴(的)智慧和探索心被人类继承了下来。"

"也就是说,你并非来自未来,而是来自过去,人类本是你们的家畜,以及你们自身的混血儿?我身为后裔,与你共同孕育的孩子却将成为昔日的始祖?真是奇妙。时间之环闭合了,这难道不是悖论吗?"

"时间滴(的)本质素(是)你萌(们)人类那不发达滴(的)大脑理解不了滴(的)。抱歉,我无意贬低人类,只素(是)陈述素(事)熟(实)。"

警官们闯进房中,一齐将枪口对准蚊子。

我挡在众警官和蚊子之间。

"让开!!"警官大喊。

"蚊子,还没传送吗?"

"已经开洗(始)了。"

我回过头,只见蚊子的轮廓已变得模糊。

"蚊子!"我握住蚊子的手——或者说,是她的手曾存在过的空间,"我最爱的蚊子。"

"健吉先桑(生),我费(会)把你刻下滴(的)那过(个)印记写进孩子萌(们)滴(的)遗传基因。让他萌(们)一看到那过(个)印记,就费(会)放弃吸血,立即离开。"蚊子消融在空间里。

"蚊子！！"我声嘶力竭地大喊。

没有回应。

我当场号啕大哭。

现在，一切都明了了。我们的孩子的确存活了下来。证据就是极为罕见的具有蚊蚋特征的返祖现象直到近年都还会出现。他们忠实地继承了来自蚊子的遗传记忆。

警官们向我伸出手来。

我甩开他们。

我全身红肿，刺痛不已，但内心之痛更为煎熬。

我为了缓解痛楚，用指甲将十字印记刻遍全身。

于是我想到了我的子孙们，他们被称为——吸血鬼。

未公开实验

未公开実験

那天被丸锯遁吉叫出来的，除了我，还有另外两人。

我们都是他的老友，不过，也有二十来年不怎么来往了。

"我工作那么忙，是他说务必要来，我才勉强来的。"碇烦躁地说，"要是什么无聊的事，我可饶不了他。"

"你周日也有工作？"鲅问。

"可不，当上部长后，人跟休息就无缘了。当然咯，补贴是一分都没有的。"碇颇有些自满地说完，又问鲅，"你呢，今天休息？"

"是啊。"

"在干哪行？"

"公务员。"

"原来是'铁饭碗'，那还不是应休尽休。工资出自税金，旱涝保收的买卖。"接着，碇将话头转向我，"话说，你如今在做什么？"

"我？自由职业。"

"自由职业？那是什么？"

"你不知道？这家伙是作家。"鳆替我解释，"听说他投给杂志的作品被采用了。"

"所谓作家，就是那什么吧，靠版税吃饭的。作品在杂志上刊出后，出版单行本，以同样的内容再出文库本，接着拍成电影。真是不劳而获的家伙。你们这两个小子混得都不错嘛。"

我混得根本就不好，可再怎么仔细解释作家并非那么轻松的行当，别人照样理解不了。这样的经验不胜枚举，所以这次我只露出苦笑，什么也没说。

"对了，丸锯如今在做什么？"

我摇摇头："不知道。不过，这儿会是丸锯的家吗？"

"这能称为家？我看就是个车库。"鳆说。

"不过，确实挂着什么研究所的牌子。"碇说，"既然说是'研究所'，想必是国家机构。"

"也有民间的研究所。甚至民间的还更多些。"我说。

"研究能当饭吃不？要是做个学会发表什么的，是不是能赚到演讲费？还是说，靠的是专业书籍的版税？"

"大型企业几乎都拥有自办的研究所，也就是专为产品开发所设的部门。此外，也有公司本身就是研究所。这类公司会将自己的研究成果卖给其他企业。专利和技术等都是可以售卖的。"

"类似于顾问?"

"唉,算是吧。"

"那倒是能言善干,和你的营生也差不离。"

碇说话一向刻薄,没法跟他一一计较。

"那家伙的信上不是写了自己是大学教授还是什么的?"鲅说。

"啊对,好像是写着。但整封信读下来,真让人摸不着头脑。"我说。

"就是就是。信上写他最近与我们见过面,可我根本不记得有这回事。还有什么,'这回就在你们眼前做实验,绝对要让你们无话可说'……"

"有说'实验'?那果然还是靠研究混饭吃。"碇说。

"那家伙是哪所大学的教授来着?"

"是个从没听说过的名字。我在网上查了下,一无所获。"

"也许是那种小得连网站都没建的大学,或者……"我含糊地说。

"丸锯该不会在搞什么类似诈骗的勾当吧?"鲅说。

"不排除这种可能性。另一种可能性是,他本人也没有意识到自己在撒谎。"

"你是指,大学是他幻想出来的?"碇大声说道。

"嘘！丸锯说不定能听到。"鳆担心地说。

"听到就听到呗。照这么说，他信上的内容是古怪得很。"

"说起来，我们虽是按随信所附的地图找来这里的，但擅自跑进来真的不要紧吗？"鳆问。

"门又没锁。"碇不以为意。

"没锁就能擅闯？"

"信上不是写着嘛，'如果没人在，就从入口进来，在头一个房间里等着'。所谓的房间，应该就是指将这车库中间用隔断隔开的部分。既然得到了住户的许可，就不算非法侵入。"

"前提是这'研究所'真归丸锯所有。"

不知为何，我惶惶起来。虽然我们没多想就相信了丸锯信上的内容，进了这栋建筑，可是待在这里真的没问题吗？

许是因为不安作祟，更为糟糕的想法也涌了上来。

"我说，我们突然被二十年未见的故友召集到同一个屋檐下。这不就是推理小说里常出现的那种经典桥段吗？"

"你是说丸锯出于某种怨恨，打算逐一杀掉我们？怎么可能。在两小时特别悬疑剧里，这种故事的舞台肯定会设在深山或孤岛的别墅。哪会在这种市中心的车库里杀人？"碇笑了。

"这一带可算不上都市。不过，倒也不必担心被杀。要是在这种地方杀三个人，立马就会暴露。"鳆也予以反驳。

"那是在企图实施完美犯罪的情况下。如果他根本不在乎被捕又如何？或者，要是他打算杀人后就自杀呢？"

所有人都沉默了。

这么说来，"这回就在你们眼前做实验，绝对要让你们无话可说"的措辞，本身就相当具有攻击性。

我突然觉得哪怕丸锯手持机枪或炸药现身也毫不奇怪了。

一声爆炸传来。

"呀！"碇打翻折叠椅，趴到地板上。

我和鲮由于惊吓过度，甚至都没能从椅子上站起来。

车库还在持续地晃动着。

"地震？还是落雷？"碇问，他仍旧趴着。

"不知道，不过和地震的感觉不同。另外，我不曾遇过雷击中房子的事件，所以不清楚是不是落雷。"

"比起雷鸣，更像是爆炸的声音。"鲮怔怔地说。

"总之先去看看情况。"我提议。

"别蠢了，要是再爆炸可怎么办？我看还是先出去，然后联系消防署或者警察。"碇提心吊胆地环顾着四周说。

"可是，如果丸锯被卷入事故该如何是好？说不定现在情况正紧急。"

"管他呢。我们赶紧先——哇！！"碇刚站起身，就又一屁股跌坐在地。他指着玄关反方向的一扇门，嘴巴翕动。那恰好是我们背对着的方向。

这简直就像恐怖电影里必然会出现的场景。

我和鲹叹了口气，战战兢兢地回过头。

"妈呀！"我们两人同时跳了起来。

折叠椅倒在地板上。

眼前站着一个穿宇航服的人。

我们都举起了手。对方看上去并未持有武器之类的东西，但情况可说不准。对方可是未知的存在，先投降总不会错。

"别大惊小怪的。"穿宇航服的人瓮声瓮气地说，"有什么好吃惊的？"

"还不是因为你穿着宇航服。"碇又一次指着那人，鲹慌慌张张地把他的手摁了下来。

"这不是宇航服。"

"那、那是什么？"我小心翼翼地问。

碇和鲹都瞪着我，像是在说"别说多余的话刺激他"。可我就是按捺不住好奇心。

"哎？"穿着宇航服——似的衣服的人一时语塞，"名字？你问到了盲点。我还没考虑到名字，毕竟是新发明。"

"你说没有名字？"碇叫了起来，"一般来说，东西发明出来后不就要命名吗？！"

"我从没想过得给它命名。"

"那要怎么向别人说明？"

"不需要什么说明。"谜一般的人物摇着头,"毕竟是我独自做出来的东西。"

"那什么,"鲅插话道,"我们是不是可以把手放下来了?"

"你们为什么要把手举起来?"

看来对方并无加害之意,于是我们缓缓地放下胳膊。

"难不成,你是丸锯?"我索性孤注一掷,直截了当地问道。

"你怎么还在问这种事?"谜一般的人物取下头盔。

出现在我们眼前的,毫无疑问是丸锯遁吉的脸,看起来一如既往地令人捉摸不透。

"你在拍整蛊视频还是什么?"碇东张西望地说,看来是在找摄像头。

"整蛊……你在说什么?"丸锯遁吉问。

"你不知道整蛊?"

"你们是不是有事瞒着我?快说,整蛊是什么?"

"算了,麻烦忘掉我之前说的话。"

"说呀,整蛊是什么?难道是不能对我说的东西?"丸锯气势汹汹地逼近碇,揪住他的前襟,"到底怎么了?快给我说!"

"我都说了没什么!"

"又在骗我,你们全都瞧不起我是不是!"丸锯勃然变色,"要是以为我会一直逆来顺受,那就大错特错了!"

虽然不知缘由,但丸锯看上去极为愤怒。由于他没什么表情,初次见面的人可能很难捕捉他的喜怒,但我们知道丸锯正越来越激动。我们还知道,一旦惹怒了他,麻烦可就大了。

丸锯异常执拗,会连续几个小时喋喋不休地发泄不满。

"所谓的整蛊视频是一类电视节目。"我忍不住开口道,"针对某人恶作剧,偷偷拍下其受惊的样子并播放出来的综艺节目。"

"真的?"丸锯向碇确认。

"你当真不知道整蛊?"碇睁圆了眼睛。

"这种电视节目是几时开始有的?"丸锯坦然地继续发问。

"几十年前就有。"鲅回答。

"几十年前……哼哼,真奇妙。"丸锯抱着胳膊陷入沉思,"那行,就这么着。"

"这回轮到我们发问了。"碇说。

"谁规定要轮流提问的? 不过,既然你们有疑问,那我回答便是。想问什么?"

"呃……啊……那个……"碇似乎问不出来。

这也难怪。就是我也满腹疑团,以至于不知该从何问起。

"那,先告诉我这玩意儿的名字。"碇有些自暴自弃地指着丸锯所穿的类宇航服说。

刚刚明明已经说了还没有名字……

不过,我也犯不着指出来。总之对话只要继续下去就谢天谢地,这种状态下的沉默实在难熬。

"一定要有个名字?那好,就叫它时间服。"

"你再说一遍,我只听到了'时间服'三个字。"

"就是这个,时间服。"

"什么意思?"

"是我从'宇航服'上得到灵感创造出的新词。宇航服用英语说是'spacesuit',即'空间服',所以我这个就叫时间服。"

"什么就'所以'了,我完全不明白你的意思。"碇不理解。

"穿宇航服是为了保护人体不受太空的真空、放射线和温差伤害。"

"这我知道。"

"穿时间服则是为了保护人体不受时间旅行时周围的时间流动伤害。"

"等一下,我刚刚听到了'时间旅行'。"

"是啊,我的确说了'时间旅行'。"

"你是在说科幻故事?"

"到底要我解释多少遍才行?你是不是又打算说不知道时—间机——仪了?"在说"时—间机——仪"的时候,丸锯除了拉出怪异的长音外,还用双手摆出了一个奇怪的姿势。

"时间机器?"我们三人异口同声。

"是时—间机——仪。"丸锯用双手摆出奇怪的姿势。

"那个所谓的,"我尽可能地佯装镇定,问道,"时—间机——仪,与时间机器不同?"

"我都说了是时—间机——仪。"丸锯用双手摆出奇怪的姿势。

"没错啊,时—间机——仪。"

"不对,是时—间机——仪。"丸锯用双手摆出奇怪的姿势。

直到这时,我们三人才终于意识到关键所在:"你的意思是,这个姿势也是名字的一部分?"

"当然,我都说明多少回了!"

"那么,所谓的时—间机——仪,"我学着丸锯做出那个姿势,"与时间机器不同?"

"完全不同,是全新的概念。所以不能称为'时间机器',我将它命名为'时—间机——仪'。"丸锯摆出姿势。

"不给衣服命名,倒给机器命名。"鲅感叹不已。

"那这个时—间机——仪,"碇不情不愿地摆出姿势,"不用来时间旅行,要用来干什么?"

"什么'不用来时间旅行'?既然叫时—间机——仪,那肯定是用来时间旅行的呀!"丸锯摆出姿势。

"那不就是时间机器嘛!"我们三人同时吐槽。

"不一样!完全不一样!!"丸锯奋力反驳,"原理完全不同!"

我们面面相觑。

喂喂,时间机器的原理是什么?

"我明白你想说什么了。那要不你先说说时—间机——仪的原理?"鳆摆出姿势。

"又要说原理?"丸锯露出厌烦的神情,"真是的,只要一见面就追问'原理、原理'的,到底要我解释几百遍,你们才满意?"

"'几百遍'是什么意思?我说你,之前听丸锯说过时—间机——仪的原理吗?"碇摆出姿势。

我摇摇头。

"原来如此,我明白了!"鳆一拍手。

"时—间机——仪的原理?"我摆出姿势。

"不是,是为什么丸锯所说的内容和我们的记忆不一致。"

"为什么?"

"就因为时—间机——仪嘛。"鳆摆出姿势。

"什么意思?"碇问。

"我认为他这故事编得有模有样的。"鳆满意地点着头。

"你是说,这是丸锯精心策划的恶作剧?"

"这样就能解释通了。"

"也可能并非如此。"

"总之,我们先配合他。"

"为什么?"

"因为好像还挺有趣的。陪他说个话有什么好为难的？"

"我公司那边怎么办？"碇抗议道。

"那你一个人回去好了。"

"明白了，不管公司那边了。"碇当机立断。

"喂，你们在嘀咕什么？"丸锯似乎等得不耐烦。

我们交谈时的声音相当大，他是真没听见，还是装的？

"这事儿非常怪异，我们不记得你向我们解释过时—间机——仪的原理。"我说。

"咦？真的？"看上去，丸锯是真的感到吃惊，"到底为什么会这样？"

"据我推测，这或许跟时—间机——仪有很深的关系。"我摆出姿势。

"什么样的关系？"

"这个嘛……如果你不先说明时—间机——仪的原理，我们也就没有线索可推测。"我摆出姿势。

丸锯手托下巴思考了片刻："行吧。不过这真的是最后一次了。"

丸锯飞奔出房间，推来一块有点脏的白板。大概是底部的滚轮坏了，白板发出可怕的嘎吱声，还不稳地摇晃着。

"先从以前的时间机器说起。"丸锯拔掉记号笔的笔帽，准备在白板上写点什么，"这是以往公认的时空结构的坐标轴表现。"

记号笔没出墨，只发出了叽叽的摩擦声。

"所以我才会对过去的黑板情有独钟……算了，不需要图了。你们在脑海里想象一下。"丸锯随手丢掉记号笔，"众所周知，时间机器是利用时空的物理结构来进行时间旅行的机器。"

"是那样的吗？"碇小声问。

"鬼知道。我压根儿没见过也没听说过时间机器。"

"著名的时间旅行方法是利用黑洞能层，"丸锯用手势代替使用不了的白板进行说明，"将其应用到实际中，有利用梯普勒圆柱的方法，还有仅加速虫洞一侧的出入口、形成时间隧道的方法。利用实现超光速后的副产物则更为简单。这些方法，都要如此这般将时空轻柔地扭曲，使未来成为过去。即是说，在微观上看，时间从过去走向未来，但从宏观上看，是未来连接着过去。不过，用这个方法……"

"所以要怎么去未来？"碇打断了丸锯的话。

"你说未来？哈，前往未来的方法一向不被视作问题。毕竟去未来很简单。不用说，时—间机——仪也能稳妥地应对未来之旅。"丸锯摆出姿势。

"以前我看有关'时间机器'的电影时，可没觉得去未来有多稳妥……"

"喂喂，正经讨论时不要扯什么科幻电影。前往未来并不需要像时间机器那样扭曲时空。说到底，即便我们不主动前往未来，只要等着，未来也自会迎面而来。若是想看十年后的世界，默默等上十年就行。"

"十年还好说，若想看百年、千年后的世界该怎么办？恐怕未来还没来我们就大限已至了。"

"延长人类的寿命不就得了。人工冬眠啦，亚光速飞行啦，方法有的是。那啥，我对这类传统手法没什么兴趣，就不做解释了，成吗？"

"我无所谓。"

"我也是。"

"同意。"

"那我就接着往下说。要前往过去，就要扭曲时空，使未来成为过去。这是以往的时间机器原理。但是，这个方法有很大的缺陷，即扭曲时空所需的能量巨大到荒谬，相当于数个太阳乃至数个银河系的能量，并且，有些方式还需要负质量[1]。"

"太阳和银河系的规模不是差了十万八千里吗？"

"我又不是天文学家，这种细枝末节无关紧要。总之，但凡需要利用极大能量的方法都不过是妄言。所以，我否决了基于这种离谱原理来制造时间机器的方式。"

"你说'否决'，难不成还有人向你申请过？"碇提出疑问。

丸锯置若罔闻："我本来就不喜欢强行扭转时空这种野蛮的

---

[1] 理论物理学概念，指质量为负值的物质。

方法,而倾向于更柔软、更睿智、不借助强大力量的方法。"

"提问!"为了不让他无视我,我举起了手。

"可以,同意你提问。"

"为什么你会开始研究时间旅行?难道你有恋人死于事故?"

"为什么恋人死于事故会让我开始研究时间旅行?"

"为了回到事故前,与恋人相见呀。"

"在难得有机会开始新恋情的情况下?"

"我不该提问的。请你继续。"

"就在我决定要以'柔软'的方法实现时间旅行时,突然灵光闪现。时间旅行之所以需要极大的能量,是因为想通过硬件来实现。假如通过软件来实现,所需的能量则会小得多。"

"抱歉,我完全听不懂你在说什么。"我再次提出疑问。

"我是说,我从'柔软'这个词,联想到了'软件'……"

"我没问这个,问的是你要如何通过软件来实现时间旅行。"

"如果要实际制造原子弹进行核试验,会浪费巨大的能量。可是,如果是在计算机模拟实验中进行,则只需要运行计算机的电力。"

"可那只是模拟实验而已。"

"如果要造原子弹,那确实行不通。"

"时间机器不也一样。"

"时—间机——仪！"丸锯摆出姿势。

"难道换作时—间机——仪就行得通了？"鲅摆出姿势。

"你口中的'只是模拟实验而已'，说到底仍是来自模拟实验之外的视角。试想一下，即使是模拟实验中的原子弹，对于模拟实验中的人来说，也是真正的原子弹。"

"你刚刚是不是说了'模拟实验中的人'？"碇向丸锯确认。

"是啊，说了。"

"模拟实验中的人又是谁？"

"等等，"我拦住碇，"我多少有点头绪了。是不是这么回事，即便是模拟实验的时间机……时—间机——仪，对模拟实验中的人来说，也是真正的时—间机——仪。"我摆出姿势。

"没错，就是这样。"丸锯鼓了下掌，"虽然这只是对我此前说明的鹦鹉学舌。"

"原来如此。这样我就理解了。"鲅说，"但我还有个疑问，你进行时—间机——仪的模拟实验，是想要做什么？"鲅摆出姿势。

"何出此问？"丸锯讶异地说，"有了时—间机——仪，不就可以自由地前往过去，随意改变历史了吗?！"说着，他摆出姿势。

"不过，你并不是真的要改变历史吧？"

"当然要真改。正如我刚才所说，对模拟实验中的人而言，那就是真正的历史。"

"可那是对模拟实验中的人而言,和我们又没有关系。"

丸锯突然沉默了。接下来的三十秒左右,他怔怔地环顾着我们的脸,之后脸色蓦地放晴,啪地一拍手:"原来如此,是这么回事!"

"你是想明白什么了吗?"碇用不耐烦的语气说道。

"当然。我明白你们卡在我理论的哪一点上了。"

"我们卡的何止一点半点,你是说哪方面?"

"总之,你们是不是认为自己在模拟实验之外?"

这回轮到我们陷入三十秒的沉默。

"原来如此,来这一手。"鲹好不容易嘟哝了一句,"虽然我是无所谓,但说来说去尽是虚拟世界的话题,很快就会令人厌倦的。"

"那个,我老是提问,你多担待。"我说,"你是怎么意识到这里是在模拟实验之中?还是说,有客观证据证明这里是在模拟实验之中?"

"没有证据。所以才说是灵光一闪。"

"麻烦你浅显地说明一下。"

"成啊。"丸锯欣然应允,"你们都知道哥德尔不完全性定理吧,具体来说,是第二定理那部分。"

"什么定理?"碇的声音听起来颇为悲凉。

"所谓第二定理，是不是指'如果包括初等数论在内的数学形式体系无矛盾，则此无矛盾性不可能在该体系内证明'？"我补充说明。

"能不能说人话？"碇带着哭腔说。

"即是说，'无法用数学本身来证明数学是正确的'。当然我的这种说法并不缜密。"我说。

"这条定理和眼下的话题有什么关系？"碇问。

"我从不完全性定理推导出了新的定理。'如果世界物理体系无矛盾，则只要身处该世界中，便不可能证明该世界非虚拟'。"丸锯得意扬扬地说。

"能告诉我们你推导出这个定理的步骤吗？"

"嗯，可以。"丸锯在时间服里窸窸窣窣地找着什么，很快便掏出一本百科全书模样的书来，"我现在拿着的这本还不算真正的论文，只是摘要版。"

我翻了翻这本简略版的论文，上面字迹潦草。虽不算是鬼画符，却也难以理解。

"明白了。细节验证就免了，姑且相信你。也就是说，即便这个世界是真实存在的，也无法在这个世界中证明，对吧？所以呢？"

"还不明白？我们根本无法区分这世界究竟是真是假。"

"这会造成什么麻烦？"

"不会。随便哪个都挺好。"

"怎么就都挺好了？"

"既然我们确定不了这世界是真是假，那权当它是虚拟世界也无妨。"

"那就麻烦你这么办呗。"

"还用你说。以这世界是虚拟的——即是模拟实验为前提，我列出了时间逆行计划。"

"等一下。就算姑且视此世界为模拟实验，要令时间逆行，是不是也必须由什么人自世界之外予以操作才行？"

"用不着。你就假定有款处理软件可以将硬件中的软件作为虚拟硬件使用。从最高层的软件来看，其世界中的软件看似存在于内部，但实际上二者都存在于同一硬件的内存中，它们的存在是对等的。所以，如果这个世界能被视作虚拟世界，则存在于这个世界的软件也和这个世界没两样。"

"这是逻辑花招。仅仅是语言游戏，根本毫无意义。"我反驳道。

"就是。光是提出假说证明不了什么。只有经过证实，假说才能作为定论被接受。"鲅表示同意。

"所以啊，我都已经证实过不知道多少次了！！"丸锯火冒三丈，"一遍又一遍，一遍又一遍，我明明已经证明了能够进行时间旅行，你们却每次都无视显而易见的证据，露出一副不明就里的表情，若无其事地问我'时—间机——仪是什么'！！岂有此理，我对你们无话可说！！"

"真不像话！"碇也发起火来，"谁要配合这种蠢事！我要回去上班！"他站起身，打算离开房间。

"慢着！"我拦住碇，"你没发现吗？就目前而言，丸锯的发言里并无矛盾。"

"怎么没有？全是矛盾！"

"那你举例说说。"

"他说已经证明过很多次，我却不记得见过什么证明，这不就是典型的矛盾吗？"

"真是这样？"

"你想说什么？"

"矛盾是指两件事在逻辑上相悖。"

"是啊。丸锯说他证明过了，但我没有相关的记忆。难不成你有？"

我摇摇头。

"那不就得了！"

"这的确是矛盾，但它的前提是因果律①成立。"

"因果律怎么可能不成立。"

"所以说啊，丸锯主张的就是因果律不成立。"

① 指任何一种现象或事物的发生或出现都必然有其原因。

"怎么可能。假如因果律不成立,时间机器又怎么可能出……"碇似乎终于明白了过来,"原来如此,编的嘛。"

"对吧。"我使了个眼色,"你要想就这样回去,那随便你。不过,你难道不觉得试着配合丸锯也不失为一种乐趣?"

碇犹豫了一会儿,最终还是坐回椅子:"就算回去工作,我肯定也会心猿意马。还是赶紧解决了吧。"

"你这话听起来怎么那么居高临下,是我想多了吗?"丸锯不爽地说。

"我们没义务配合你,却还在耐心听你说话。你少得了便宜还卖乖。"碇满不在乎。

"你总是这样。我在学会上首次发表时间逆行原理的时候,你从一开始就没打算理解,尽唱反调。"

"这是哪儿的话?"碇愣住了,"说得就好像我出席过学会似的……"

"可不就是,你在学会上彻底地嘲笑了我一番。"

"因为事关时间旅行,"碇说,"我觉得我肯定会当作无稽之谈。"

"什么叫'我觉得',你怎么想的你自己不清楚吗?"鲅问。

"都说了我根本不记得。我这辈子就没出席过什么学会!"

"不管怎么说,动辄把别人当傻瓜是你一贯的坏毛病,碇。就算是时间旅行的话题,不带成见地倾听、冷静地判断,才是理性的态度。"鳋说教起来。

"你还不是和碇一起嘲笑我?!"丸锯显得怒不可遏。

"该不会我也参加了那个学会,也嘲笑你了?"以防万一,我向丸锯确认道。

"你倒没有像他俩似的当面羞辱我。可是,尽管是在你的专业领域,你却完全无视了我。按说,你应该提出有针对性的问题,帮助参会者理解我的发表内容。也就是说,你通过无视来表明拒绝的态度。不明确自己的立场,一心逃避责任,说不定你比他俩还要恶劣。"

"没错。说起来,你打从前起就是机会主义者。"也不知为什么,碇居然附和起丸锯来。

"凡事不莽撞行动,先仔细分析情况是我的策略。"我当即反驳。

"既然如此,你就更该提出问题。"

"提问也要取决于现场的氛围。当判断不了会产生何种影响时,就不该贸然提问。"说到这里,我感觉极其荒谬,我竟在为自己根本不记得的事没完没了地辩解,"好了,到此为止。我是坏人总行了吧。"

"反正都要承认,又何必找借口。"丸锯得意地说,"再说,从你们三人全都离开大学来看,你们想必也认识到自身的罪过了。"

"你说我们从大学退学?"鲅说,"我可是正经毕了业的!"

"我想他多半不是指退学,而是指从教授、副教授、助教等大学职位上辞职。"我向鲅解释道。

"我可不记得有过这种事。"

没错,因为我们压根儿没在大学里工作过。

"不要说谎!不然,我寄去学校的信件怎么会因为收信人不明而退回?还好我的通讯录里有你们的住址……"

"就'本周日到我家来'这么点内容,还犯得着特地写信?来个邮件①不就得了。"

"我是用邮寄的没错啊。"

"邮件不比邮寄轻松?"

"你口中'mail'这个英文单词的意思是'邮寄之物'。"

"现如今,用日语说'メール',肯定是指电子邮件嘛!"碇烦躁地说。

"电子邮件是什么?"丸锯眨巴着眼睛。

"一个声称自己造出了时间机器的家伙,居然不知道什么是电子邮件?"

"恐怕正是因为造出了时间机器。"我安抚碇,"丸锯,你知道阿帕网②吗?"

---

① 此处使用的单词为メール,是直接从英语单词mail音译而来的外来语。

② 美国国防部高级研究计划局组建的早期分组交换网络。1969年正式运行,1990年退出历史舞台。

"你怎么会知道这个？这明明是美国国防部的绝密事项！"

"你说的是哪个时代的老皇历？"

"二十世纪六十年代。上次我前往过去旅行，刚建议他们将四台计算机①连接起来。"

"你为什么要这么做？"

"那自然是为了说明我的时间旅行理论。我认为，只要能构建一个连接全世界的大规模计算机网络，哪怕是你们也该注意到它的存在。我数次拜访技术负责人，总算令其理解了我的构想。"

"你是在说因特网？"碇惊讶地说，"那我们老早就注意到了。"

"还有这种叫法？不过，正式名称应该是阿帕网。"

"阿帕网早就不存在了。现在全世界广泛应用的是因特网，日常收发电子邮件都靠它。"

"看吧！我的理论终于被证明了！！"

"为什么电子邮件的存在可以证明你的理论？"

"因为那玩意儿在一个月前都还是没影的事，现在却突如其来地在全世界普及开来。如果没有时—间机——仪的存在，这种事是不可想象的。"丸锯志得意满地摆出姿势。

"很遗憾，电子邮件在一个月前就已存在。你的话毫无

---

① 指阿帕网最初形成时的四个节点，分别设在美国西海岸的四所高校。

根据。"

"又来了!! 又撒这种一戳就破的谎, 企图无视我的成就。"

"既然你说一个月前电子邮件还不存在, 那就证明给我们看啊。"

"都跟你们说了, 我已经使用时——间机——仪改变了历史, 因此证据不可能还留着! 你们太狡猾了!!"丸锯激动地把地板跺得咚咚响, 同时不忘摆出姿势, "不过,"他又突然冷静下来, "我早看穿你们了, 就知道你们多半会一如既往地装糊涂。"

"你刚才说已经向我们解释过多次, 那你迄今进行过多少回时间旅行?"我抛出心里的疑问。

"你是指我要如何证明自己回到了过去? 简单。只要做出谁都无法否认的历史改变就行。比如, 若是能修改载入教科书级别的历史性事件, 便会成为铁证。"

"就好比阿帕网的设立?"

"那是我最近所为。我最先做的, 是修改《三国志·魏志·倭人传》的内容。"

"你玩得够大。"

"毕竟那是记载于教科书最开头的知识, 尽人皆知。我前往晋朝陈寿故后不久的时代, 改掉所有抄本, 将前往邪马台国的方位和距离等记述故意改成不可能的数字。如此一来, 迄今十分明确的邪马台国的所在地便无迹可寻了。"

"邪马台国的所在地本来就不知在哪儿。"鳆说。

"是是是,当时你们也是这么对我说的。你们怎么就能睁着眼睛说瞎话呢?总之,就因为你们佯作不知,我便又前往新的时代,在历史上留下了痕迹。"

"这回是哪个时代?"

"东西朝时代。"

"是南北朝时代吧。"

"是东西朝时代,以九三九年平将门新皇即位为开端的时代。"

"九三九年不是平安时代中期吗?"

"在真实的历史上,平将门新皇即位本该结束平安时代,开启五百年的东西时代。但是,由于我把平将门的居所透露给藤原秀乡,平将门的新帝国不过数月便告覆灭。"

"平安时代之后是镰仓时代。"碇纠正他。

"不是说了吗?你们口中的历史都发生在我创造的时间线上。真正的历史是,随着东西朝时代的终结,战国时代开启。"

"镰仓时代、南北朝时代以及室町时代就这么没了?"

"没有才是对的。东西朝时代中期,确实存在过征西将军怀良亲王与足利直冬分庭抗礼的九州朝廷和九州幕府,持续数年之久……"

"你是不是历史虚构小说看太多了?"

…………

丸锯这未知的历史空谈持续了将近一个小时。虽和我们熟知的历史不同，却又有微妙的相似之处。以整体而言，也可说是相去不远。

"总而言之，我本以为，我改变了如此多的历史，就算是你们，也得承认时—间机——仪的存在。然而你们这些家伙……"丸锯摆出姿势。

"当故事听的确有趣，可那种历史，没人会信吧。"鲅说。

"那时候你也是这么说的。于是我意识到，古代或中世的时代离现代太远，再怎么变化，也与我们实际的生活无关。所以容易被你们赖掉。"

"确实和实际生活没关系，不过……"我不知该说什么好。

"于是，我决定对近代下手，和坂本龙马一同提出'船中八策'，策划实施大政奉还。结果，本该延续至二十一世纪的将军制在十九世纪便告终结。"

"将军对外做何称呼？国王？"

"自然是一如江户时代所定，对外称为大君，英语为Tycoon。"

"首都在哪儿？"

"名义上的首都仍是京都，但实质上的是东京。本来江户时代实质上也是以江户为都的。"

"世界大战和原子弹爆炸可都发生了？"

"那是当然。"

"你就没想过阻止？明明阻止了的话能成为英雄。"

"我倒也想过。但在数次改变历史的过程中，我意识到历史如奔流，即使在上游强行改变其流向，它们也依然会在下游同归江海。即便我拯救了数万人、数百万人的生命，相应的反作用也必然会在某处降临。"

"可是值得一试啊。"

"为平息灾厄而导致的大规模灾厄，相当于由我引发。为了救下数百万人的性命，就能夺走另外数百万人的性命吗？"

"喂喂，既然如此，就算改变了时间也根本没有意义嘛。"鳗说。

"有意义。只要是不会对整体造成影响的小规模变更，其效果就会得到延续。"

"因特网的普及算小规模变更？"

"虽然不清楚因特网有多普及，但就算不去干涉，再过二三十年，计算机网络也势必诞生。这个变更对大局并无影响。"

"你还做了其他大的变更吗？"慎重起见，我试着问道。

"之后就是阿帕网，那是最后一次。不，说起来，在它之前还有过一次失败的尝试。"

"怎样的尝试？"

"我去了一九四八年。"

"明白。乔治·奥威尔,对吧?"

"不,是美国的电视台。我瞅准大战结束后暂时安定下来的时代,试图在电视上让人们接受时—间机——仪。"丸锯摆出姿势。

"为什么要这么做?"

"为了引发时间悖论。"

"要说时间悖论,不是已经发生过多次了?"

"仅是改变时间,严格来说算不上时间悖论。无论是否施行大政奉还,都会形成不存在矛盾的时间线。所谓的时间悖论,必须含有原理性矛盾,就像著名的'弑亲悖论'那样。"

"'弑亲悖论'又是什么?"碇问。

"回到自己出生前,杀死自己的父母。"我替丸锯回答。

"和迄今说到的改变历史有什么不同?"

"若杀死父母,自己便不可能存在。"

"那是自然。"

"自己既然不存在,便杀不了父母。"

"那是自然。"

"杀不了父母,自己便会存在。"

"那是自然。"

"自己若是存在,便会杀死父母。"

"你在耍我吗？"

"并无此意。和仅仅改变历史不同的是，时间悖论无论怎样都不能自圆其说。"

"为什么要做这种事？"

确实。我也试问丸锯："为什么？"

"为了让你们无从抵赖。如果矛盾就发生在眼前，你们再怎么嘴硬也非得承认不可。如果我在过去的电视上公开了时一间机——仪的原理，那么在我发明它以前，它就已经被发明出来了。也就是说，我不是时一间机——仪的发明者。毕竟在我出生之前，其原理就已被公之于众。但是，如果我不是发明者，到底谁是发明者？这个悖论的优点和'弑亲悖论'一样，既不危险，也没有破坏性。"丸锯摆出姿势。

"那这个悖论顺利形成了吗？"

"失败了。"丸锯沮丧地说，"制作人听了我的话，先是愣了会儿，然后哈哈大笑。他说：'这玩笑真有趣，我喜欢。我想将这种捉弄人的形式做成电视节目。'"

"原来如此，你是想说，然后《隐藏摄像机》就诞生了？"

"什么玩意儿？"

"美国的整蛊节目。后来世界各国都基于此制作了同类型的电视节目。"

"原来如此，真会编。"鲣感佩道。

"与开发时—间机——仪有关的历史改变很容易结成时间悖论。"丸锯摆出姿势,继续说明,"我又想到了更直接的时间悖论。于是一周前,我寄出召集你们至此的信件后,便穿越时间来到今天。"

"那刚才你现身之前的爆炸声……"

"没错,正是时—间机——仪抵达的声音。在调节时间的流速时,会不可避免地产生微弱的冲击波。"丸锯摆出姿势。

"行了,你想表达的意思我明白了!"碰似乎失去了耐心,"赶紧给我们展示展示你那台机器。"

"没问题,跟我来。"

我们跟在丸锯身后,依次走出房间。

车库中堆放着大量的大件垃圾,根本无法让人联想到实验设备。按说若是实验设备,不至于让人连个落脚的地方也没有,也不会乱七八糟、层层叠叠地从地板一直堆至天花板。面板脱落、内部裸露的装置散落一地,上面缠绕着无数的电缆和管线。

为了不被绊倒受伤,我们小心翼翼地前进。

"这就是The·时—间机——仪!!"丸锯摆出姿势,指着大件垃圾之一。

在半塌的金属框架中,随意地丢着旧式计算机和打印机的残骸,还有像是实验用平台似的东西。

"从哪儿到哪儿是时—间机——仪?"鳆皱着眉头摆出姿势。

"大概是这一块儿。"含金属框在内，丸锯用手比出相当大的范围。

"用这堆破烂怎么推翻物理法则？"碇问。

"我刚才解释过了，硬件不是重点。这里的装置说起来就类似于被神明附身之物，时——间机——仪的本体在计算机内部的程序中。"丸锯摆出姿势。

"能装入计算机内存的程序？"

"计算机的配置不是问题。计算机是这世界的一部分，这世界又存在于巨大的内存空间中。因为计算机是在与整个内存空间相互作用，所以操作计算机就等同于操作内置在这个世界里的硬件。"

"可这世界是模拟的。模拟量若以数字表示，再精准也只是近似值，不是吗？比如圆周率就无法精准地以数字来表示。"

丸锯口中啧啧有声，竖起一根手指摇了摇："你到底懂不懂量子力学？任何物理量都无法以无限精度来测量。测量是有极限的，就算想要精确测量圆周长度，也必受其限。"

"就算测量有极限，圆周率仍是毋庸置疑的事实。"

"正因为它无法测量，所以认为其毋庸置疑也无妨。我的理论所建立的前提，是无视普朗克长度①以下的测量长度。"

①物理学上最小的距离单位，等于普朗克时间（任何物理过程中所能允许的最小时间）乘以光速，其值为10cm~33cm。得名于德国物理学家马克斯·卡尔·恩斯特·路德维希·普朗克（Max Karl Ernst Ludwig Planck，1858—1947）。

"实际存在的东西怎能无视？"

"无论存在与否，都没有观测它的方法。既然如此，倒不如当作不存在。如果能对普朗克长度以下的量度施加影响，就意味着能够观测到，这就违反了量子力学。"

"可是，所谓的物理……"

"我知道，比起理论，还得看证据。"丸锯从垃圾中硬拽出一台座钟，垃圾山顿时坍塌，尘土飞扬，"我现在就送这个物体去未来。"

丸锯将座钟抛到实验平台上。

"时间定在一分钟后应该够了。"丸锯在键盘上输入了什么。

但因为没有显示器，无法确认内容。

"为什么没有显示器？"我试着问道。

"捡不到好的。"丸锯垂头丧气地说，"不过，显示器并非必需的装置……"

"不会输错指令？"

"不会，只要在头脑中清晰呈现就行，跟手指、键盘并无太大关系。"

"你刚刚说什么？"鳆反问。

"我的大脑也存在于此世界的内存中，所以指令在我脑中浮现时，就相当于输入了。"

"明白了，你继续。"鳆像是死了心。

"程序完成。接下来是出发的时机,只要按下这个遥控器的按钮就行。"

"不能在你脑中按吗?"

"我们需要明白无误地确认开始的意志,否则时—间机——仪的运作会不稳定。"丸锯摆出姿势,同时按下按钮。

不知从何处传来嗡嗡的低频声,听着像是时—间机——仪发动的声音。

"好像什么也没发生?"鳆讥讽道。

"我来解释一下现在正在发生的事。我所写的程序正在运行,保持此时—间机——仪内的时间速度不变,外部的时间速度加速。也就是说,从我们的主观来看,只有时—间机——仪内的时间变慢了。"丸锯摆出姿势。

"可我看着挺正常的。"碇向实验平台上的座钟伸出手。

"危险!!"丸锯扑向碇,将他撞飞出去。

碇一头栽进大件垃圾,引起坍塌,将他掩埋在里面。

"呼,好险。"丸锯用手背拭去额上的汗珠。

"看上去让碇陷入危险的是你……"我说。

"碇可是打算将手伸进时—间机——仪内的空间里啊。"丸锯摆出姿势。

"不行吗?"

"那当然。如此一来,手和身体的时间速度就不一致了。比如从身体方面看，手上血液的流动就像冻结在血管中那般缓慢。动脉压力增强，反之静脉压力减弱。反过来从手这边看，血液以极快的速度被输送出心脏。就连神经脉冲也是如此，从身体的角度看，脉冲宛如在手中静止，可从手的角度看，短时间内有无数脉冲被发送出来，这会导致手部肌肉无法控制，最坏的情况可能是崩溃。"

"可我们看不出时间流动的变化。"

"仔细看座钟指针的移动，是不是看起来几近静止？"

的确如此。但谁也没在最开始确认过指针有没有动。

"如果还不能令你们信服，那这样如何？"说着，丸锯从时—间机——仪外向座钟吹了口气。

座钟一下子从实验平台上被刮跑了，它飞离时—间机——仪，扎进垃圾山，坏掉了。

"如何？利用时间的流动差，我的气息成了超音速喷射气流。"

"你看到没？因为事出突然，我没搞明白……"我对鳆耳语道。

"我也说不上来。或许是有什么机关，但最关键的座钟已经坏掉了，检查不出什么所以然来。"鳆懊恼地说。

垃圾那儿传来哗啦哗啦的倒塌声。我和鳆回过头，只见碇从大件垃圾下爬了出来。

"发生什么事了吗？"碇气喘吁吁地问。

"要说发生，也确实是发生了……"

爆炸声传来。

"很好，到了！"丸锯大喊。

我们赶忙看向时—间机——仪，它仍旧毫无变化。

"你们怎么看？"我问鳆和碇。

两人同时摇摇头："说不定他在垃圾山的某处藏着扩音器。"

我问喜形于色的丸锯："我说，时间悖论体现在哪儿？"

"时间悖论？刚刚仅仅是演示而已。真正的悖论实验从现在开始。"丸锯从时间服里摸索出一个信封，"我这就将它送回过去。"

"这是啥？"

"信。"

"送去给谁？"

"给三十年前的我自己。"

"上面写了什么？"

"关于将来我前进的道路。"

"是不是让自己专攻物理，以完成时间旅行理论？"

"让我打消这念头。"

"什么？"

"上面写的是：'在未来世界，过度的动物保护主义横行，肉、鱼等都被禁止食用，很多人为此所苦。为了打破这一局面，唯有凭借你的超级头脑，研发能够源源不断地制造食用肉的生物食用肉工厂。'"

"谁会相信这种鬼话?!"

"我既纯粹又有强烈的责任感，所以绝对会相信。"

"然后呢?"

"我会成为生物学家，而不是物理学家。"

"然后呢?"

"我就无法完成时间旅行理论，也造不出时—间机——仪。"丸锯摆出姿势。

"然后呢?"

"如果造不出时—间机——仪，我也就无法将这封信送到过去，那我依然会朝最初的目标物理学家努力。"丸锯摆出姿势。

"确实是时间悖论。"我大致理解了他的意思，"现在就出发?"

"是的，不过这回我本人不去，只送这封信过去。"

"为什么你自己不去?"

"为了避免回来时你们统一口径咬定时间悖论不存在，我本人要一直留在这里观察。"丸锯将信放上实验平台，开始在键盘上输入指令。

"还会像刚才那样吗?"碇问。

"刚才是前往未来的旅行，这次要回到过去。不会发生同样的现象。"

"那就是和刚才相反？只有时—间机——仪中的时间流速变快什么的。"碇摆出姿势。

"你怎么一点儿理解能力都没有，实在叫人难以置信。"丸锯气急败坏地说，"你试着想象一下自己乘坐时—间机——仪进行时间旅行，"他摆出姿势，"光是放慢周围的时间流动，难道就能回到过去了？所谓前往未来，是指快进除自己之外的整个世界。那么前往过去，则是要倒退除自己外的整个世界。"

"倒退整个世界？"

"这不是难事。正如我刚才所说，这世界可以看作硬件内存中的存在。在将世界向前推进的计算和让世界复原的计算中，所需的处理能力相同即可。不过，计算时间不受影响。哪怕一秒时间的计算需要耗费百万年，在这个世界里也不过是一秒而已。"

"那就是说，迄今你前往过去时，世界都是在逆转的？"鳆说。

"对。当我回来时，则要令世界快进。"

我就是在那个时刻意识到问题的。

但我该现在指出来吗？

会不会毁了他精心编造的故事，令结果变得索然无味？

……可是，万一丸锯说的是真的……

丸锯完成在键盘上的输入："好，这下就完美了。在我按下这按钮的瞬间，时间悖论就将形成。虽然那是以人类的头脑无法理解的奇妙现象，但有什么正在发生应该还是一目了然的，而且会令你们绝不能像之前那样无视它。和我一道成为目击者，见证这令人惊异的实验吧！！"说着，丸锯将手指搭在开关上。

如果要说，就只有现在了。

"那个，抱歉，我认为时间悖论是不会发生的。"

"为什么？如果你是打算用无关痛痒的歪理来阻止实验……"

"不是的。所谓时间悖论，是指在同一条时间线上，发生不能同时发生的事情，对吧？"

"嗯，不精确，不过是这么回事。"

"以你的模拟实验理论正确为前提，那么如果从这个世界之外来看时—间机——仪的运作，就意味着会有如下情况发生。"我摆出姿势，"此时此刻，世界模拟器正在模拟的是眼下这个'现在'。若要看见未来，就提高模拟实验的速度；若要看到过去，就要逆转模拟实验的进程。"

"这些我都解释过很多遍了。"

"闭上嘴听着。回到过去的时间点，对模拟实验进行修改，就相当于历史发生了改变。接着继续推进模拟实验，等时间再次来到'现在'时,'现在'的状态就会变得与离开前不同。"

"这就是实验目的所在。"

"可是,就算状态已与离开前不同,也不足为奇。因为虽然时间在模拟实验中或许是倒退的,但在模拟实验之外,时间依然是从过去流向未来。"

"我说过那是外部世界的事。"

"以在模拟实验中的视角来看,可能只有模拟实验才是唯一的世界,但是从模拟实验之外的世界来看,模拟实验也是它的一部分。违反外面世界物理法则的现象是不会发生的。"

"你想说什么?"看碇的样子,他也无法理解我说的话,"无论丸锯说的是真的,还是在开玩笑,反正按完那个按钮就结了。再不快点搞完,我可吃不消。我也没那么闲。"

"碇说得没错。与其掰扯些乱七八糟的道理,倒不如先看结果。"鳆也附和道。

"不是的。即便我们认为自己回到了过去,那也并非真正的过去。即便看起来像是过去,它也只是以时间数列的性质存在于未来。而且,从那个'过去'返回现在时也一样回不到眼下的这个'现在',而是存在于未来的另一个'现在'。"

"你这是在纸上谈兵。对我们而言,模拟实验外的世界不可认知。所以讨论那个世界的时间流动毫无意义。"丸锯意图往按着按钮的手指上用力。

"没错,身处模拟实验中的人的确意识不到模拟实验外的时间流动。所以每次时间倒退,模拟实验中的那个世界便会在倒退开始的时间点终止进化,时—间机——仪会从回到过去的时间点重新出发。"我摆出姿势,"也就是说,在主观上,世界自回到过去时起,就会沿着另一条时间线开始重新进化。"

丸锯打了个哈欠:"说完了? 我要按了。"

碇和鳆都点点头。

我拼命地继续说明:"换言之,在时—间机——仪出发前往过去的瞬间,这个时间线就会消——"

既定的明日

予め決定されている明日

拨算珠的指甲又开裂了。凯姆洛不禁发出呻吟。

两旁的同伴们只是顿了顿，飞快地瞥了凯姆洛一眼，便又若无其事地拨弄起算盘。指甲直直地裂至甲根，渗出血来。因为已经开裂过无数次，指甲早已百孔千疮，说不定会就此剥落，永不再生。想到这里，凯姆洛悲从中来，眼泪夺眶而出，一颗颗滴落在指甲上。疼痛更为强烈了。凯姆洛咬紧牙关，看向摆在眼前的便笺，那上面写满了数字，他叹了口气。这期间，仍有新的便笺源源不断地在他面前堆积起来。

便笺除了字迹潦草，还有多次修订的痕迹，令人难以辨认。尽管如此，却不能出错。即使因为内容难以辨认导致算错，最后也可能会归咎于凯姆洛。一旦如此，便不知会受到何种惩罚。如果是增加分派时间或减少食物供给都还好，就怕会是最糟糕的情形——追加"负债"。

"只要有台电子计算机……"嘟囔一声后，凯姆洛慌忙住了口。如果他知道电子计算机的事暴露,那麻烦可就大了。

凯姆洛等算者只掌握着算术技能,被禁止掌握读写技能。然而凯姆洛偷偷学会了如何阅读。事出偶然,阅者们的会议后,凯姆洛无意间进错房间,发现了被遗忘在桌上的便笺。短小的便笺上不可能记录下所有的阅读方法。但对数学能力出类拔萃的凯姆洛来说,那张便笺足以成为提示。自那天起,凯姆洛穷年累月地逐步进行解读。他解读着传递到自己手上的数字、自己据此用算盘计算出并传递给下一人的数字,以及周围算者们信笔涂抹的如山便笺。这些数字一点点形成意义,凯姆洛不禁陶醉在这一过程带来的刺激中,甚至连工作效率也一落千丈。有一天,凯姆洛在某个时刻终于醍醐灌顶,领悟了众人所做之事的意义。那是一个荒诞而宏大的计划。同时也是亵渎的计划。

凯姆洛等算者自然不会被告知计划的内容。算者们不知计划全貌,并非因为他们无足轻重,相反,他们才是计划的关键。正因为至关重要,算者们才不可知晓计划。一旦算者意识到自己行为的意义,很可能抵御不了修改计算结果的诱惑。倘若此种情况发生,计划终将功亏一篑。计划所需的计算极其庞大,难以全面掌控,但凡有人在自己负责的部分里混入一丁点儿误差,就会被持续留在此后的计算中。最初可能不过是小小的误差,但很快便会扩大,逐渐变得再难称之为"误差",最终得出谬以千里的结果。事若至此,那劳师动众来执行这个计划的意义何在？

　　凯姆洛运用自己偷偷习得的知识，已经能够相当准确地解读计算结果，并且知晓了电子计算机的存在。

　　电子计算机！多么了不起的发明。凯姆洛光是想到它，便心神荡漾。天哪，如今只要有台电子计算机在此，他便能自这无休无止的劳动中解放，那该有多么痛快！凯姆洛满脑子都是他所痴迷的电子计算机，所以方才才会不小心说出"只要有台电子计算机"。可是，凯姆洛具有电子计算机知识的事一旦暴露，极有可能招致死亡。因为那是计算结果的解读内容，算者绝不可知晓。

　　凯姆洛刚才发出的声音颇大。他四下窥探，同伴们对凯姆洛的自言自语似乎并无特别反应。这也难怪，他们不可能明白"电子计算机"一词的意思——知道词意的只有阅者和写者。但这并不意味着绝对安全。即使不知道词意，听到发音也可能形成记忆。如果有人事后询问写者或阅者，凯姆洛的渎职行为便会暴露。他将受到最严酷的惩罚。看来今后必须更加谨言慎行。

　　话虽如此，凯姆洛的效率仍没能恢复到以往的水平。他大部分时间都用在秘密解读计算结果和畅想电子计算机上了。

　　终于有一天，凯姆洛被班长叫了过去。

　　凯姆洛深感绝望，该来的终究还是来了。自己偷偷解读计算结果的事暴露了。失口说出"电子计算机"果然惹了麻烦。

凯姆洛垂着肩膀来到班长跟前。

"凯姆洛,你可知为何召你前来?"班长语气严厉地问道。

凯姆洛一言不发地低着头。

"不吭声我怎么知道你的回答!我在问你,知不知道叫你来的原因?!"

凯姆洛咽了口唾沫,蚊子哼似的回答道:"……知道……"

"大点儿声回答!"

"知道。"

"再大点儿!!"

"知道!"

"还不够!!"

"知道!!"

班长微微一笑:"你知道自己被叫来的原因,也就意味着你已认罪。怠工罪可是很重的。"

糟糕,上套了。不过,他是说怠工罪?莫非解读计算结果的事并未暴露?凯姆洛从极度的紧张中解脱出来,全身发软,险些当场瘫倒。

"摆出这副蠢样干什么?!"班长愈发声色俱厉,"近来七个周期里,你的计算量较之从前下降了百分之八十。并非递减,而是急剧下降,说明你是故意怠工。你知道这有多狂妄吗?"

"是。我充分认识到了自己行为的严重性。"

"那么，现予以你与此重罪相应的责罚。"班长翻着手头的文件，"接下来的四十个周期，你都会被分配三倍的计算量。"

"什么，三倍？是不是哪里搞错了？我只怠工了七个周期，现在得完成的工作量是怠工量的十倍以上了！"

"住口！！"班长怒斥道，"你没有权利提出异议。怠工罪事关重大，让你以十倍偿还，已经很客气了！"

凯姆洛没再反驳。他犯下的本是更重的罪，以这种程度解决已可谓万幸。

"好了，明白了的话，就赶紧回去工作！"班长看着蔫头耷脑的凯姆洛，颇为满意地说。

回到工位的凯姆洛边拨算盘边琢磨。看来自己解读计算结果的事没有暴露，不过要完成足足四十个周期的三倍计算量绝非易事。自己一周期能完成的计算顶多是迄今的两倍。这就意味着，每周期都会产生一周期份的计算迟延，四十个周期就会累积四十周期份。而这些迟延会被视为新的怠工。想必，相应的惩罚会相当于数百周期的工作量。计算量滚雪球似的越滚越大，只会增加，绝不会减少。照这样下去，他一辈子都得无休无止地工作。眼下的事态可不容自己为解读计算结果的事没有暴露而开心。

唉，这该如何是好？凯姆洛一筹莫展。他认为没有解决办法。有瞎寻思的工夫，或许还不如用来推进点计算进度。不过，这也明摆着是徒劳。他现在已经陷入了走投无路的境地。

啊啊，他从未如此渴望过电子计算机。

就在这瞬间，一个念头闪过他的脑海。对了，电子计算机。只要有电子计算机，就算是如此庞大的计算量，想必也可以顷刻消化。只是，要怎么做？

凯姆洛立刻拨起算盘开始模拟实验。一周期后，他终于成竹在胸。没问题，肯定行得通。可是，自己不过是区区算者，真的可以这样做吗？犹豫片刻后，凯姆洛做了个深呼吸，从容地拨弄起算盘来，一脚踏上了无法回头的路。

谅子长叹一声。她本以为自己在大城市就职后，就能摆脱烦人的父母，享受自由的生活，没想到竟落至如斯田地。

首先，工作的地方很糟糕。工作时间说是朝八晚五，但工作前她还要负责打扫办公室内外，并为一大早就会跑来的年长职员备好茶，再加上全员都要参加的广播体操，实际上早晨六点半谅子就必须到岗。晚上光是一件件地处理分配给她的事务性工作，就常常忙到十点之后。即便如此，工作还是堆积起来，休息日不加班就做不完。与工作量相比，人手明显不足，公司却毫无增员的打算。因为引进了成果主义①那一套，加班费一毛钱也没有。而在规定时间内完成不了分派的任务，责任由该职员承担。

①指企业不看工作年限，只看业务成果来决定薪酬和人事安排。

照社长的说法,因为商品的价格降至极限,若再增加人工费用,就别指望赚钱了。一旦被问及公司存亡和一时工资孰轻孰重,谅子便无言以对。如果与同样对公司不满的同事们团结起来,未必找不到解决的办法,可是职场气氛恶劣,谅子对此丝毫不抱期望。或许还因为高管都是社长的亲戚,违反经营的行为被严令禁止。

一个资深女职员对年轻的谅子格外苛刻。谅子绝不算是美人,不知是因为长相,还是因为不善社交,直到如今,她都从未被男性献过殷勤。所以,她怎么也想不到自己竟然也会遭到其他女性的嫉妒。可那名女职员一旦不痛快,就会归咎于谅子的态度,对她大肆抨击:"你无才无德,却指望仗着身为女人来混日子。那些蠢男人根本不看内在,只顾垂涎你的年轻。拜你所赐,勤勤恳恳的我就只能吃亏。因为我年纪比你大那么一点点,又不屑于向男人献媚,便得不到应有的评价,不得不忍受不合理的对待。这全都是你的错!"

在谅子看来,这根本是在找碴儿。的确,谅子比女职员年轻十来岁,但她并不觉得自己因此受到了男职员的优待。倒不如说,谅子在容貌上受到的揶揄还更多些。相反,那名女职员个性刚硬,若遭到戏弄,必会激烈反击,所以令人敬而远之。可是,当她发觉别人对待自己比对待谅子更为郑重时,却认为遭到了排挤,于是对谅子的指责变本加厉,在微不足道的事情上吹毛求疵。

公司不仅没有任何津贴，给出的基本工资也远低于同龄女性。按常理，谅子本该考虑换个工作，但她在这城市里无亲无故，就连跳槽都难以如愿。最后，谅子只得去夜场打工贴补家用。

因为要在公司加班，打工时间只能安排在深夜至黎明。虽然睡眠时间不得不缩减至两三个小时，谅子仍努力坚持着。可惜，谅子生来腼腆，并不适合服务业，而且白天的工作令她精疲力尽、沉默寡言，致使她在客人中口碑不佳，不断遭到店老板的冷嘲热讽。谅子觉得，若是服饰光鲜亮丽些，或许能令自己显得开朗一点，于是咬牙预支工资添置了服装。然而客人并不买账，只有债务留了下来。

偶尔也有青睐谅子的客人，每当这时，谅子就会拼命纠缠对方，生怕对方跑了。她甚至会主动委身，替客人支付在店开销。起初，这些客人也乐于指名谅子，但要不了多久，他们就对缠着他们去店里，几乎每天都打来电话的谅子感到厌烦，纷纷弃她而去。于是，谅子竹篮打水，徒留愈发高筑的债台和品行败坏的恶女之名。

谅子深深地叹息，可再叹气也无济于事。

谅子的房间里没有灯具，她只能开着从垃圾场捡回来的电视机充当光源。可能是电视机的调谐器出了毛病，最近每个频道都布满雪花，消除不了。

和往常一样,谅子抱住低垂的头,倚靠着墙。由于长期的习惯,她这样坐上半分钟便能入睡。在太阳升起之前,能睡一会儿是一会儿。

"……谅子小姐……"

谅子扬起脸。她听到有人在叫自己的名字。可房中并无他人。她透过没有窗帘的窗户向外张望,只看得到都市那不眠的夜。

是幻觉吗?谅子重新低下头,合上眼睛。

"……谅子小姐,醒醒……"

谅子一惊。那声音虽然微弱,但确实是在呼唤自己。

"谁?什么人?"

是跟踪狂!谅子的直觉警示她。难道那人就在门外?绝不能让对方进来。哎呀,门可能没锁好。

谅子屏住呼吸,匍匐着靠近房门,打算按下把手进行确认。没想到力道大了些,只听咔嗒一声,门开了。

"噫!"谅子的心脏怦怦直跳。她做好了迎面撞上跟踪狂的心理准备。可走廊里空无一人。谅子慌慌张张地关上门,锁好。如果人不在走廊,声音又是从哪儿传出来的?糟了,该不会是天花板里吧?

"……谅子小姐,是这儿……"声音从电视机里传了出来。

谅子松了口气。看来调谐器时好时坏,所以会断断续续地传来电视节目的声音。她向电源伸出手——

"呀，别关。"

谅子慌忙缩回手。不会吧？肯定是偶然。还是说，有人利用电波，通过电视机发出了声音？

"你，到底是谁？"谅子并不指望得到回应，只是打算开个玩笑来为胆小的自己鼓劲。

"我叫凯姆洛。"

瞬间，谅子腿软了，好不容易才挤出声音："你、你搞这种恶作剧，有什么企图？"

"这不是恶作剧。我是认真的。请别害怕。"

"凯姆洛先生，你究竟是从哪儿传送出声音来的？"谅子哆哆嗦嗦地问。

"这很难解释清楚。如果我说，我不是从你所在的世界，而是从另一个世界与你联系的，不知你能不能接受？"

"你是说其他行星？四维世界？无论哪一个都是恶劣的玩笑。你再胡说八道，我就报警了……"

"报警是你的自由，我不会阻止，不过你一定会后悔。可以预见的是，他们只会在刚开始搭理你一下，最后则会认定你是信口开河。"凯姆洛继续说道，"谅子小姐，你知道虚拟现实吗？"

"是指在计算机中被创造出来的架空世界，对吧？"

"随着计算量增加，虚拟现实会越来越接近现实，最终与现实真假难辨。在虚拟世界里,哪怕诞生了虚拟的动物、人类、自然和社会都不足为奇。虚拟世界中的虚拟人类甚至拥有人格。"

"你的意思是,计算机里有一个虚拟现实的世界,而你就是自那个世界,通过某种手段对我说话的?我怎么可能会相信这种鬼话⋯⋯"

"不是的。"凯姆洛回答。

"咦?不是吗?"谅子有些扫兴。

"不是。"

"那你好端端的为什么要提虚拟现实?"

"因为你问到了我所在的世界。"

"看吧,你这不是承认自己在虚拟世界了!"

"不,我存在于现实世界。"

"那不就是和我同在一个世界吗?"谅子烦躁起来。

"不是的。"凯姆洛耐心地继续解释,"生活在虚拟世界里的人不是我,而是谅子小姐你。"

短暂的沉默后,谅子放声大笑。"我当你要说什么呢⋯⋯"谅子冲电视机上吹了口气,尘埃灰蒙蒙地在空中飞舞,"如果这儿是虚拟世界,这该如何解释?虚拟世界里哪儿来的灰尘。"

"你为什么会这么认为?就算是在虚拟世界,灰尘也是存在的。不过,逐一算出尘埃粒子的轨迹是挺够呛的。"

"⋯⋯我的故乡离这儿可是有数百公里,途中有许多城镇和村庄,都住着人。"

"嗯,的确如此。计算量因此变得分外庞杂。"

"少在这儿东拉西扯的。"谅子按捺不住了,"行吧,就当我生活在计算机中,你生活在计算机之外好了,那又……"

"不是的。你不在计算机之中。"

"什么?"谅子眉头紧锁,"你到底打算跟我唱多久的反调?是你自己刚刚说的,我生活在虚拟世界里。"

"是的。你身处虚拟世界,却不在计算机中。"凯姆洛心平气和地继续说道,"你所在的世界,存在于算盘和便笺纸之中。"

凯姆洛的话简直荒唐透顶。他说他们使用算盘,模拟着整个世界。谅子直言自己不明白做这种事意义何在。凯姆洛回答说他也不明白,只知道自己必须持续不断地计算下去。谅子问他为什么不使用计算机。凯姆洛悲伤地说,他们的世界里没有电子计算机,好像连电子都不存在。

"真亏你们能想出电子这么方便的东西来。明明看不见,却能发光、发热、进行计算、用以通信。可惜那样的东西不可能存在于现实。"

凯姆洛对电子计算机的存在羡慕不已。如果电子计算机存在于现实,那么现实定会如同伊甸园一般。凯姆洛终日冥思苦想,能否设法让电子计算机为我所用呢?最后终于有了主意。

在现实世界，必须使用算盘计算。可如果是在虚拟世界里，不就可以使用电子计算机了吗？凯姆洛不遗余力地进行模拟实验，终于证明此想法切实可行。他刻意用算盘在计算出的结果上增设偏差，如此谨慎地反复操作后，就能够在虚拟世界中引发种种现象。比如，使墙壁上浮现出文字，将噪声转换成有意义的语言。这样，他便能够向虚拟世界的居民发送信息了。之后，他只要将必须计算的数据交给虚拟世界的居民，请其用电子计算机计算后再将答案告诉他就好。

不过，看似完美的计划还有一大问题，那就是凯姆洛必须掩藏自己对虚拟世界的干涉。

算者拿到传递给自己的便笺纸后，要遵照写者制定的物理法则，计算写在纸上的数字。每个算者只计算一个步骤，然后将结果一点点分散传递给其他算者。拿到该便笺纸的算者再遵照制定的物理法则，进行一个步骤的计算。就这样，随着计算结果在算者间一圈圈地循环，虚拟世界中的时间便渐次向前推进。之所以要采取这种方式，或许是意图通过将一个现象分散给所有算者，来消除计算错误的偏差，但反过来看，这也令全世界的数据得以汇总到一个人的手上，使凯姆洛谋求之事变得容易起来。从某种意义上来说，这种计算方式是一把双刃剑。凯姆洛为了避免暴露渎职行为，对虚拟世界的居民进行了全面评定。最理想的人选是完全不会对虚拟世界的历史造成任何影响的人，是蜷缩在社会角落，无人在意、自生自灭的人。

"这么说，我被选中，完全是因为我的存在对这个世界可有可无？"谅子勃然怒道，"你这不是出口伤人吗？"

"并非如此。选中你是因为你至少不会对社会造成危害。会对社会造成不良影响的人不在少数，产生良好影响的人却不多，而更为稀少的，则是像你这样……"

"既无害又无益、无足轻重的人，对吧？"谅子恨恨地说，"知道我是什么感受吗？如果你说的是真的，就意味着我这一辈子都将一事无成。"

"的确，你不会成为达官显贵。不过，你同样不会走上犯罪之路，换个角度想，未尝不是幸福的人生。"

"少一副事不关己的样子好吗？再说，你连面都不露就指望我替你办事，也太没有礼貌了。你现在立刻给我现身。"

"这一点还请包涵。光是这样将声音传递给你，就已经花费了我巨大的精力。若是还要现身，那计算量恐怕会多到令我昏厥。考虑到冒险与你接触的初衷，这么做未免本末倒置。而且，就算我使出浑身解数，恐怕也很难向你展现我真正的模样。毕竟我们所处的维度不同。"

"这么说你果然是在四维空间里？"

"不，我所处的是 ω 维世界。你那边之所以是三维，是为了令计算更简单。"

"你倒说说要我做什么？"

"首先，请你去购买一台电子计算机。价格低廉的样品机足矣。我会将必要的数据传送给你，你只需要输进计算软件，令其运行即可。至于得出的计算结果，我会自行读取。"

"听上去，我似乎什么好处都得不到？"

"很抱歉，诸如大幅改动你命运之类的事，我是不能做的。不过，我打算献上些谢礼，让你能稍微过得奢侈点。"

"说说看？"

"请摸摸你的口袋。"

谅子将手伸进衣袋，摸到一沓钞票。

"好厉害！你是从哪儿拿来的？"

"从别处挪用的话，造成的影响太大。这是我刚刚制作出来的，利用了已成废号的钞票编号。"

"那这些都是假钞？"

"如假包换的真钞。"

"银行存款金额也能增加吗？"

"很难。不留痕迹地篡改数据需要费很大力气。"

"那让我中彩票的一等奖呢？"

"将中奖号码改成你所买的号码轻而易举，但金额太高，引发的溢出效应过大。"

"那，今后每天都在我的衣袋里放钱如何？"

"每天？这可不好办。就算每笔金额不大，可日积月累下去，风险还是太大了……"

"不然索性一次性给我一笔钱，够我一辈子逍遥自在就行。"

"那样做会对社会造成不可忽视的影响……要不这样，我让今后会降临在你身上的不幸都一笔勾销？"

谅子心中盘算，只不过买台电脑而已，若能换得一生安稳，倒也值得。

"明白了，就这么办。我说，你要怎么做？是要把我的麻烦事全都消除掉吗？"

"不能这么乱来。我会在不幸发生前通知你，这样一来，你多半可以趋吉避凶。"

"就像现在这样，从电视里发出声音来告诉我？"

"这不是长久之计。我会以只有你明白的方式，传递一些更简短的信息。"

谅子打算附加些更具体的条件，但电视机突然关上了。她急忙打开电视机，屏幕上已没有了雪花，播放着平素的深夜节目。刚刚的一切难道是梦？还是确有其事？算了，无所谓。明天赶紧去买台电脑试试。事到如今，再多一笔买电脑的债务也没什么大不了的。

第二天，谅子向公司请了假，买来电脑。她对照说明书，好不容易捣鼓着开了机。接下来只要输入计算用的数据应该就可以了。她在房里四处搜寻，最后在直投广告的信封中找到了数据。只见罗列着数字的纸夹在几页广告之中。谅子颤抖着手，将写在纸上的数字输进计算软件里，按下运行键。硬盘发出断断续续的刺耳声音，数十秒后，计算完成的文字显现了出来。剩下的唯有等待。

在解读传递到自己手中的便笺纸时，凯姆洛差点儿情不自禁地欢呼起来。成功了。两个周期前，他在传递给其他算者的便笺纸上秘密地混入数据，如今这些数据经过计算，又回到了他的手上。这种程度的计算若用算盘来计算，恐怕得花上一百个周期。电子计算机果然了不起。从今往后，他再也不用受计算之苦了。

在此后的数个周期里，凯姆洛完成了所有定额任务。余下的时间，他都以解读计算结果为乐。他也考虑过将这个方法教给其他算者。如果大家都用电子计算机代替算盘，计算进程将突飞猛进。想出这个办法的凯姆洛想必会被视为英雄。可与此同时，他也可能遭人嫉妒，招致迫害。经过深思熟虑，凯姆洛决定严守这个秘密。反正只要他愿意，随时都可以公之于众。

凯姆洛如今已能随心所欲地窥视虚拟世界。偶尔，他也会有负疚感，但他随即又开导自己：虚拟世界的居民并无人权。他们不过存在于算珠和便笺纸中。唯有谅子知晓凯姆洛的存在，可凯姆洛也给了她足够的回报。

当预示谅子将遭遇不幸的计算结果出现时,凯姆洛会回溯她的命运,连同此结果一并抹去。如此一来,不幸便不会降临到她的身上。然后,凯姆洛会将消灾解难的提示,通过简单的信号传达给遭遇不幸前的谅子。这信号可能是电视上登场人物不经意的台词、混在杂志报道中的警句,或是串线电话里陌生人的对话。凯姆洛已不能采取最初那种不顾一切的方式。他好不容易才抓住了幸福的枝蔓,必须慎重。

有一天,凯姆洛被班长叫了去。他以为是要被夸赞最近计算神速,于是哼着小曲走进了班长等待着的房间。没想到除了班长之外,还有数名写者和阅者端坐着等候他的到来。

"凯姆洛,可知我们为何唤你前来?"一名年老的写者用含混的声音问道。

凯姆洛摇摇头。

"你犯下了大错。"写者悲伤地说,"你们自身并未察觉,其实你们算者被分配为三个小组。其中两组人数众多,另一组人数寥寥。而人数众多的两个组进行的计算完全相同。"

凯姆洛神色大变。

"无论什么样的计算,都不可能做到百分百不出错,但通过让两组进行相同的计算,就能够监测错误的发生概率,这便是人少组的职责。近来这段时间,两组计算结果的差异不断扩大,已不容忽视。"

"怎么会……"凯姆洛低垂着头,"我明明将干涉控制在最小限度内……"

"再微小的干涉,一旦产生差异便会扩大至远超预期的地步。我们已决定将你干涉过的计算结果全部毁弃。计划之后先抄写另一组的正确数值,再重新开始计算。"

"请等一下!"凯姆洛奋力反驳,"为何我做的事会出问题?我已经证明,如果用电子计算机代替算盘,就能大幅提高计算效率。"

"电子计算机根本不存在。"

"不,它是存在的,就在其中!"凯姆洛举起写满数字的便笺纸。

"那不过是用算盘计算出的结果的记录罢了。计算电子计算机内部状态的仍是你们算者,这意味着劳动量根本没有减少。"

"可、可是我的确完成了大量的计算啊。"凯姆洛茫然若失地说。

"你偷懒未完成的计算,只是照原样转嫁到了别人身上而已。不,确切地说,由于程序的冗长性,你的做法或许增加了计算量。"写者悲伤地说。

"我……我还以为自己摸索到了绝妙的办法……"凯姆洛身体绵软地瘫坐在地。

"你所犯之罪百身莫赎。"写者闭目说道,"此后,你不再是算者,而将成为写者的一员。"

凯姆洛抬起头:"那么,我的罪过是被宽恕了吗?"

"并非宽恕。此等滔天大罪焉有赎罪之法。不过,你有才能做成此事,若就此埋没,我们的罪过岂非更大。"

凯姆洛亲吻年迈写者的双足:"感激涕零。"

"毋庸言谢,因为我并未宽恕你的罪过。望你今后舍身求法,勤于读写。"

"我有一事挂念。"凯姆洛愁容满面,"我所干涉过的世界一旦消亡,曾协助过我的那名女性是否也会消失?"

"这你就大错特错了。创造那个世界的并非你我。"

"什么? 可是,是我们在计算那个世界。"

"计算和创造是两回事。凯姆洛,你可随身带着算盘?"

"带着。"凯姆洛从怀中掏出算盘。

"你试用算盘将从一到十的整数全部相加。"

凯姆洛知道答案,无须计算,但他还是依言拨起算盘。

"答案是五十五。"

"此答案是因你拨了算盘才出现,还是从最开始就注定如此?"

"当然是最开始就注定的。因为在我计算之前，我就知道答案会是五十五。"

"你可知道圆周率第一万位的数字？"

"不知道。"

"那么，能以计算得出吗？"

"能，只要给我充分的时间。"

"这个数字是因你的计算才出现，还是在计算之前就已然存在？"

凯姆洛笑了："计算过程是既定的，因此答案早已注定，同是否进行计算无关。"说到这里，凯姆洛惊愕于自己的言论，"答案是恒定的。"

"正是。无论是否进行计算，问题给出时，答案便已是定数。只是我们不知道答案罢了。圆周率拥有无穷无尽的位数。算者通过重复固定的计算过程，可以得出任何位数上的数字。无知者见此情形，或许会以为是算者在创造圆周率，但事实并非如此。圆周率早在算盘被发明前就一直存在。算者没有创造圆周率，充其量是发现了它，一如挖掘出深埋在地底的化石。"

"那，我干涉过的世界会……"

"我们写者设定了世界的开端，即呈现问题。你们算者则遵从设定的法则计算世界的未来。你们并非在创造世界，只是解开问题。若不进行计算，我们便无法得知世界将以何种面貌呈现，但这不意味着能通过计算创造答案。问题形成时，答案就已存在。那么，世界既已形成，其未来亦早已存在。你故意将错误的数值混入计算结果，其结果是令计算问题变质。没错，你创造了一个不同于我们写者呈现的计算问题——即另一个世界。同样，在问题被创造出来的时候，其答案也开始存在。我重申一次，你所创造的世界会持续存在，与是否继续计算已然无关。"

凯姆洛意识到自己行为的后果，发出了悲鸣。

电视里的男演员说："你最近工作过度了。"

这是来自凯姆洛的警告。那明天就向公司请假好了。带薪休假早已用完，一直以来都算缺勤，不过无所谓。毕竟凯姆洛说要休息。

谅子换了个频道，是歌唱类节目。年轻的男歌手正与主持人谈笑风生。接下来的瞬间，他向谅子的方向看了一眼，很快便移开视线。谅子看了看时钟，十点二十四分。也就是一〇二四。一〇二四是十个二相乘得出的数字。而二月十日正是我的生日。不会错的，这是给我的信号。他一定也是我们的同伴。凯姆洛虽然没说过另有同伴，但我是知道的。必须马上联系他，我们在这个世界里共享秘密，是彼此仅有的伙伴。

谅子将信寄出的第二天，那歌手出现在另一个节目里，他坐在椅子上说话时突然交替了跷着的腿。啊，他读过我的信了。

热泪顺着谅子的脸颊滚落。我终于觅得了心意相通的伙伴。想必，对他而言也是如此。可怜啊，你一定曾孤独难耐。对了，既然我们是搭档，那就必须结为伴侣。可是，他比我年轻了十岁，不知婚后生活能否顺利？谅子挠着因满是头屑而黏糊糊的头发。没问题，拿出自信来。绝对会顺利的。因为有凯姆洛一直照应着。谅子在结婚申请上填好自己的名字，寄去歌手的经纪公司。

令谅子为难的事发生了。另有一位年轻的男艺人向她暗送秋波。时间是八点三十一分。起初谅子不解其意，等她意识到晚上八点即是二十点后便简单了。那个节目在第五频道播出，二十除以五得四。三十一不能被五整除，所以直接加上四得三十五。这是谅子母亲生她时的年纪。可为何要向自己暗示这一点？谅子顿悟，这是他的求婚啊：如今该轮到你成为母亲了，而我会是孩子的父亲。这位男艺人与那名男歌手同属一家经纪公司，他想必知道谅子与男歌手的关系。歌手肯定已经递交了结婚申请。你明知我已是别人的妻子，却还不肯放弃，你就这么想要得到我吗？谅子烦恼了三天三夜，最终填好离婚申请寄给歌手。对不起，我对强势的男人没有抵抗力。你肯定也知道，他爱我爱得痴狂。所以，求你成全。

歌手对艺人说话时，竟一时语塞了。果不其然，可见他正怒不可遏。说不定他并没有递交离婚申请。事情变麻烦了。我被卷入了三角关系中。从结果上看，我魅惑了两个年轻男子。这样下去，两人或许会为了争夺我而反目成仇。不，考虑到他们对我一往情深，势必会拼个你死我活。怎么办？谅子过于不安，以至于将自己的手指都咬出血来。帮帮我！谁来帮帮我！

喊完，谅子回过神来，随之大笑不止。我有什么好担心的？凯姆洛会为我将一切都安排妥当。我只需要静待凯姆洛的信息。广告中的他张开了双手，这无疑是他迎候谅子前来的信号。谅子从壁柜中翻出一个破了洞的旅行包，在满屋子凌乱的破烂货中挑出几样东西塞了进去。坏掉的手电、电话簿、避孕套、毕业照、弯折的薄膜唱片、裁纸刀、腐烂的罐头。根本不用去想为什么需要这些。凯姆洛说需要，那就肯定需要。

抱着塞得满满的旅行包，谅子来到夜晚的街道上，迈步走向那光明灿烂的既定的明日。

癫狂的清醒以清醒描绘出癫狂画卷

[日]冬树蛉（科幻评论家）

在本文的开始，为了对社会、对读者负责，为了维护公序良俗，我有必要事先阐述一下本书的"阅读注意事项"。

你如今是醒着的吗？若你的回答是"不，睡着了"，直到醒来前，最好不要阅读本书。你无须阅读，若读了恐怕也只会越睡越沉，故而我并不特别推荐。而若是回答了"肯定是醒着的嘛"，你正是本书的目标读者。对自信有能力进行逻辑性、合理性思考的人、具备常识和判断力的人，以及公认的一丝不苟的人来说，本书或许会改变你的人生。至于会如何改变，那可说不准……

小林泰三——不念作"たいぞう"，而是"やすみ"——这位脱离常识，不，应该说没有常识的作家，对科幻、恐怖和推理小说的读者而言，想必都不会陌生，不过，考虑到他是首次在本文库系列登场，我还是重新对他介绍一二。

小林泰三，一九六二年生于京都府，毕业于大阪大学基础工程学系。修完同学科研究生课程后，任职于某大型家电制造企业。一九九五年，凭借怪诞地模糊了机械与生物边界的《玩具修理者》一文，获得第二届日本恐怖小说大赏短篇奖，正式出道。

不久，他便出版了第一部作品集《玩具修理者》（一九九六）。与出道作一同收录在内的《醉步男》横空出世，惹得科幻迷们惊掉下巴、为之哗然。"这位作家莫非是个'语不惊人死不休'的厉害角色？"《醉步男》毫无疑问属于恐怖小说，亦是天不怕地不怕的量子论硬科幻。等到第二部作品集《人兽工艺品》（一九九七）——收录有描写生物工程阴暗面的同名作——出版后，任谁都一目了然，他岂止是"语不惊人死不休"，根本就是在以硬科幻的构思来书写恐怖故事。此外，阿瑟·C.克拉克[1]式的硬科幻短篇《沙漏中的凸镜》（收录于早川科幻系列J文集《看海的人》），则描绘了在谜之巨大构造物内部所展开的奇异世界，十分欣赏这位作家的《科幻杂志》编辑没理由对这样的作品

[1] 阿瑟·C.克拉克（Arthur Charles Clarke，1917—2008），英国科幻小说家，二十世纪世界三大科幻小说家之一，代表作《童年的终结》《月尘飘落》《2001太空漫游》等。

置之不理，将其刊载于杂志一九九七年十月号上。它那迥异于恐怖短篇的风格，再次令科幻迷啧啧称奇。此后，小林泰三又以另类长篇《密室·杀人》进军推理界。另外还有用硬科幻逻辑描写国民"超人"的默示录《AΩ》，以及从基本物理法则中编织出超乎想象的异世界图景的作品集《看海的人》等，他稳扎稳打，作品频出，直至如今。小林泰三的作品世界别具一格，只要读过一次就会念念不忘，无论什么类型都大受欢迎。

接下来，我将在不涉及剧透的前提下，就本书收录的作品进行解说。哪怕是在擅长跨类型创作的小林泰三的世界中，本书也算得上另类，收录的作品格外奇妙。其破天荒的全能风格令人吃惊——不，是令人瞠目结舌。对于初次阅读小林泰三的读者，本书带来的刺激可能会有些强烈，不过，快感会随即而至。因此，即便是天真纯洁的初次阅读小林泰三的读者，也请安心地将其作为小林泰三入门书阅读。

《揉眼睛的女人》（初刊于《小说昴》一九九九年十二月号）
可以说，通过将本作划分为哪个类型，就可以看出读者自身的阅读喜好。它均衡地囊括了科幻、恐怖、推理的全部要素。话说回来，小林泰三为何会如此乐于进行"重口味"的描写呢？没完没了地描写垂死女人处境的那一段，无疑是"好笑之处"。读了本作，你就能充分理解为什么说恐怖与笑点总是一脉相承。

《超限侦探Σ》（初刊于《科幻笨蛋书 天然乐园篇》/Media Factory/二〇〇一年）

如题，这是一篇侦探类推理小说。"铁壁逻辑"似乎是专为本作而存在的词语，身为主人公的名侦探大显神通，快刀斩乱麻式推理足以令所有推理作家胆战心惊。小林泰三之名，势必因本作而被深深刻进推理小说的历史。尽管首发文集的书名有些令人介意……

《食脑者》（初刊于《梦魇 异形文集》/光文社文库/二〇〇一年）

本作描写了人类与来自宇宙的智慧体的"第一次接触"，是毋庸置疑的科幻作品，但从标题来看，应该也会有读者期待着"重口味"的描写。本作将不负所望，"重口味"自不必说，作为宇宙科幻小说，其细节的周密详尽令人叹为观止。让人心底发毛的大团圆结局这类复杂的东西，可不是随随便便就能体验到的。

《风止之时》（初刊于《科幻杂志》二〇〇二年四月号）

本书收录的作品，大多是变化球，或是头球[1]，而本作可以说是最接近直球的正统派硬科幻。聪慧少女拯救种族危机的故事，可谓抓住了科幻迷的心。本作既可以作为独立的短篇来阅读，也可以和小林泰三宇宙史中其他作品做个联系，对小林泰三的粉丝而言非常值得一读。

《刻印》(初刊于《蚊子，或是か[2] 文集》/MediaWorks·电击Game文库/二〇〇二年)

本作是为以人气游戏软件《蚊子》为主题的文集所创作的作品，描写了人类与身长两米的蚊型外星人的接触……若是这么说，你恐怕会以为这是一篇正统科幻小说。(难道不是吗？)出乎意料的是，这是"纯爱作家"小林泰三完全发挥出相应本领的作品。在令人感叹"原来是这么一回事"的同时，本作还会为读者带来科幻小说中不可或缺的感动。

《未公开实验》(本书新作)

在支撑小林泰三世界的要素中，对话小说的妙用无疑占有一席之地。作为语言使用者的登场人物们，尽管受到语言这一符号所构成的表层逻辑的摆布，却仍紧抓着它不放。这一点在

---

[1] 指棒球比赛中，投手故意砸向击球手头部的球。

[2] か为蚊子的日文发音。

本作与《揉眼睛的女人》中体现得颇为明显，语言、状况和心理的错位中，痉挛似的恐怖和好笑同时涌来，仿佛是在观看一场精心编排的荒诞剧。《玩具修理者》就曾被剧团搬上过舞台。《未公开实验》不仅是硬科幻代表作，还是充分体现小林泰三戏剧才能的杰作。就算试图将其搬上舞台的申请蜂拥而至，我也不会感到意外。我可以保证，只要摆出恰如其分的"姿势"来演绎，趣味性会成倍增加。这可是经验之谈。

《既定的明日》（初刊于《小说昴》二〇〇一年八月号）

诸如宇宙飞船轨道计算之类的庞大计算，通常都是用计算机来进行的，而在遭遇危机的情况下用算盘来力挽狂澜的桥段，在科幻中算是广为人知的传统灵感。可是纵观科幻史，创造出如此荒诞的算盘使用方式，想必仅小林泰三一人。这亦是一篇致敬并挑战格雷格·伊根《置换城市》的作品。尚未读过《置换城市》的读者，还请务必对照阅读，以收获震撼。

在平稳的剧情推进中，冷不丁将读者诱向异世界的诡谲文风；运用专业知识的缜密的科学考证；如同被自己的智慧诅咒了般的偏执狂式逻辑性；关西人特有的"卖弄"与"好奇恐怖之物"的天性；从冷静透彻的逻辑和凄惨的描写中，奇迹般散发出来的抒情性——小林泰三的作品就如同魔女的坩埚，将以上元素按各种比例通通丢进去，化作科幻、恐怖、推理，如蜜、如脓、如泪，释放出说不上是腐臭还是芳香的味道，咕嘟咕嘟、热气蒸腾地滚沸着。脑子里支着这么一口坩埚，真亏他还能保持住理性（虽然我偶尔也会对此心生怀疑），但不管怎样，小林泰三是清醒的。所谓清醒，正是因为驯服了癫狂，才能以清醒来描绘癫狂。清即是浊，污亦是洁。聪明绝顶的大傻瓜无畏而周密地认真开着玩笑，书写残酷而美丽的诗——这就是小林泰三其人。从认识到清醒也是一种癫狂的那日起，你便也来到了"我们这边"的世界。

对已读完本书的你，容我再次提出那个问题——

你现在，真的醒着吗？